Genshi BOOKS 言視BOOKS

言視舎

古事記の根源へ

『NHK100分de名著 古事記』は「火の神話」を伝えないのか

村瀬 学

古事記の根源へ◎目次

五　「古事記の正体とは」の検証

六　ヤマトタケルの検証

はじめに

ノーベル賞物理学者・朝永振一郎とギリシア神話

ノーベル賞物理学者・朝永振一郎さんは、ユネスコ全国大会の記念講演「物質科学にひそむ原罪」（一九七二）で「原子力の火」が「プロメテウスのもたらした火のようなもの」（『プロメテウスの火』みすず書房二〇一二）だと話されていました。この講演の中身への関心とは別に、少し気になることがありました。それは、朝永さんが、なぜギリシア神話を取り上げようとされていたのかということについてでした。言い方を換えると、なぜ朝永さんは日本の神話を使ってそういうことを「説明」されなかったのか、と。朝永さんは、一九〇六（明治三十六）年生まれですから、おそらく暗記するほど「日本神話」を教え込まれてきた時代の人だったと思われます。それなのになぜ「ギリシア神話」を取り上げ、「日本の神話」を取り上げることをなさらなかったのかと。

この疑問に答えるのはある意味では簡単なように思われます。一つは、ギリシア神話には「人間が火を使うようになったいきさつと、その結果の恐ろしさ」が、わかりやすく、印象的かつ根本的に描かれていたからだという理由です。このことは逆に言えば、日本の神話には、そういう「人間と火」のことが根本的に描かれていないので引用することもできなかったということになるかもしれません。

もう一つは、日本の神話、特に古事記を取り上げると、反動というか、軍国主義のように見られるからというものです。古事記は「天皇」の系譜を教えるもので、世界の神話とはだいぶ様相が違っている、という理解です。明治、大正、昭和を生きてこられた人にとっては、古事記はいわゆるギリシア神話のような古代からの伝承ではなく、意図的、人工的に作られた特殊な天皇家の物語だという理解がすり込まれていたかもしれません。おそらくこの二つが無意識にからまっていて、朝永さんの場合は、日本神話よりギリシア神話のほうに自然に関心が向いていたか、ギリシア神話のほうが取り上げやすかったのではないかと私には思われます。

なぜそんなことが気になったのかというと、日本に落とされた世界最初の原子爆弾の、その「根源」の説明をするのに、日本の神話ではなく、外国のギリシアの神話の説明を借りなくてはならないというのは、どういうことなのか、もう少し考えてみてもよいのではないかと思ったからです。本当に日本の神話には、そういう「根源」に触れるものはなかったのかと。

日本の神話には「火の神話」はなかったのか

この「問題」を私は今、科学者、朝永振一郎さんの「問題」として取り上げているのではありません。そうではなくて、暗記するほど「日本の神話」を教えられてきていたはずなのに、そこに「プロメテウスの火」のような話を見ることができなかったということは、どういうことなのかということを問いたいのです。それは、日本神話の中にそういうものが「なかった」のか、それとも「ある」にもかかわらず、そのことを教育者が教えてこなかったのかというような問いかけです。そして、もし「教えてこなかった」とすると、そこにはどういうことが考えられるのかと問うてみたいのです。

そもそも神話は、ギリシア神話にしろ、日本神話にしろ、神話である限り、そうとう荒唐《こうとう》無稽《むけい》に見えることが書いてあるものです。「神々」が活躍する話なのですから。でも、話の聞き手は、「神々」の話は、荒唐無稽で馬鹿馬鹿しくみえても、いちいち目くじらを立てないで、大目に見ながら受けとめてきたものです。「大目に見る」というのは「なぞなぞ」のようなものとして受け取るということです。特に「なぞなぞ」や「なぞかけ」のように作られるお話は、簡単には「謎」が解けては面白くないですから、作る方にとっても「謎」が解けないように、ああでもない、こうでもないと、思いを巡らせるような仕掛けでもって作ってきたものです。そういう意味では、「なぞなぞ」とは、「遠回しにいうこと」とか「たとえていうこと」などとされてきていますから、「寓話」「寓意」「喩」のようにもみられます。ここでは「喩」のようにできているものを「隠喩＝メタファー」と呼んだり、「詩的形象」と呼んだりしてゆきます。いずれも「神話」と呼ぶだけでは、その現代的な意味がつかめないときには、「隠喩＝メタファー」や「詩的形象」と呼び替えて受け止めてゆきたいと思います。

そういう理解を前提にすると、古事記を読者に紹介するというのはどういうことなのか、見えてくるところがあると思います。たいていの古事記の紹介の本は、まずは古事記の物語のあらすじを紹介します。そのあらすじを知って、それで古事記が「わかった」と思う人がいるかもしれません。しかしそれは、なぞかけの部分を聞いただけなのです。「一つ目小僧に足一本なぁーに」というようななぞかけの部分です。これだけを聞いても、謎かけが理解できたわけではありません。それが「縫い針」のことだとわかるまでは、「なぞかけ」は「わからないもの」として残り続けます。もちろん「答え」が一つではないこともありえます。あんな風にも、こんな風にも、答えられるというような「なぞかけ」をしている可能性だってあるからです。

たとえば、こういう図を見せられると、わかるようでいて、よくわかりません。それは「中」のようにも見えるし、「袋」のようにも見えるし、「穴」のようにも見えるからです。しかし古事記をよむと、まさに「中」のようでもあり、「袋」のようでもあり、「穴」のようでもあるものなぁーに？というような「なぞかけ」があるのです。古事記の一番最初に「中」のつく「天之御《あめのみ》中主《なかぬし》」という神が現われ、国作りが始まると「袋」を担いだ、「穴」のつく神、「大穴《おおあな》牟《む》遅《じ》神」が登場します。大事な場面でつかわれるこの「中」「袋」「穴」という言葉は、

後に見るように、すべて、よく考えられ、連動して使われているのです。ちなみに、このなぞかけの「答え」はというと、「子宮」ということになります。たしかにそうなりますがただの「子宮」ではありません。なにせ「国（鉄）を生む」ようなとんでもない「子宮」なのですから。その実態は本文を読んでいただくしかありません。ところが、古事記を「物語のあらすじ」のようなところで見ているだけでは、そういう「詩的形象」の「なぞかけ」は見えません。古事記の中の神話の部分は、そういう意味において、とてもよく計算されてつくられた「なぞかけの物語」になっています。つまり解き方は一通りではないという読み物として出来上がっているところがあるのです。だから古事記の理解は、簡単に言えば次の二段構えになるのがわかります。

①なぞかけとしての物語の理解。

②なぞかけの多義的な理解。

ところが、日本の神話、古事記に関しては、なぜか「物語」は、口語訳も普及して、ストーリーとしてはよく知られるようになってきたのに、その謎かけの解き方は、特定の解き方の範囲を抜け出せないできています。それは「物語」に「稲作の物語」を読み取るという解き方です。この読み取り方が、圧倒的に強いので、他の読みが可能であるにもかかわらず、それらは学問的に異端の読み方にされてきています。なぜそういう読みが広がっているのかというと、それは「天皇の中核の儀式」に「新嘗祭《にいなめさい》」や「大嘗祭《おおにえのまつり》」があって、それが「稲作」に係わる重要な農耕祭儀としてあり、古事記はまさにそういう農耕儀式を「神話的に物語化したもの」と解釈すべきだと判断されてきていたからです。そして事実、多くの古事記研究者は、そういう読みをして古事記を紹介してきていました。しかしこういう理解をすすめると、古事記理解が天皇の儀式の理解と常にセットになることがわかると思います。古事記を理解することが敬遠されてきたのも、結局はそういうふうになるところがすぐに見えてしまい、「なぞとき」の醍醐味を味わう関心が削がれてしまってきたからではないかと思われます。古事記を学ぶことは天皇制を学ぶことだと思っている人が多いのもそのためです。しかし、事実は違うのです。

ところで、今回問題にしようとする三浦佑之さんの『NHK100分de名著 古事記』も、実は古事記を基本的に「稲作の神話」として読むというこのスタイルをしっかりと守っている本になっています。そういう立場に立って古事記を解釈すると、古事記の持つ多義性が読み取れなくなります。私は明治から続いてきたこの解釈の弊害が、またくり返されるのかということを思い、あえてこの『NHK 100分de名著 古事記』は古事記の多義性を正しく読者に伝えているか」という主旨の本を書くことにしました。なぜあえてそういうことをしたのかというと、こういう三浦佑之さんの古事記の紹介では、いつまでたっても朝永振一郎さんのように、古事記に大事なものを読み取ることが出来なくなることを危惧したからです。

その大事なものとは、「国」を作るための最も大事なものという意味です。それは「火」です。古事記には、この「火」についての「なぞかけ」があるのです。その「なぞかけ」について、これまでの古事記研究は十分に紹介してくれていないのです。もちろん古事記に「火の神話」を読み取ることは、なされてきました。しかし、それは、古事記が「稲作神話」であることを前提にして、米を炊く「カマドの火」のようなものに注目するということ以上には進みません。そんな「火」

は、古事記を稲作神話と読むための補強手段にしかすぎません。しかし古事記はそういう「火」を「なぞ」として考えているわけではないのです。もっと「強い火」のことを「なぞかけ」にしているのです。そして実は、そういう「強い火」の「なぞ」が、現代の「原子力の火」の「なぞ」につながり、朝永振一郎さんの講演につながってゆくものとしてあったのです。しかし、三浦佑之さんの『NHK 100分de名著 古事記』の紹介では、そういう「強い火のなぞ」に迫る発想を古事記から得ることはできません。そこのところをこれから問題にしたいと思っています。

三浦佑之さんは、現在の古事記研究者の間では第一人者とされていますし、とくに公共放送を使って発信された古事記解釈『NHK 100分de名著 古事記』は、なんといっても影響力が大きいと思われますので、わたしはこの本を丁寧に取り上げて根本のところを考えてみたいと思います。もともと三浦佑之さんは、NHKカルチャーラジオで古事記の解説をされていて、それは『古事記への招待——NHKカルチャーラジオ・文学の世界』（NHK出版二〇〇九）として出版され、さらにそれは改められて、『古事記を読み直す』（ちくま新書二〇一〇）として出版されてきました。でも骨格の主張は、ここで取り上げる『NHK 100分de名著 古事記』とほとんど変わっていないと思います。

注 神名の表記について、

本文での神名の表記は原則としてカタカナ表記にしています。それは、『NHK 100分de名著 古事記』の神名表記がカタカナになっていて、それに合わせているからです。一般の読者向けの本としては、そのほうがわかりやすいので、それはそれでいいと思います。けれども、私は神名をカタカナで表記すること自体をいいと思っているわけではありません。漢字表記を見て、初めて神名に込められた古代人の創造力や複合された喩について思いを広げることができるからです。

たとえば、イザナキ、イザナミ、などは漢字で伊邪那岐、伊邪那美と表記されますが、音に当て字をしているところがあり、こういう神名はカタカナでもいいと思いますが、カグツチ、オオアナムジ、ホオリ、オウスなどは、迦具土、大穴牟遅神、火遠理、小碓などと表記されていて、その神名の豊かな詩的イメージを広げ、味わうためには、漢字で理解しないとわからないものです。

ですので、本文ではカタカナ表記にしているといっても、機械的に、統一的にそうしているわけではなく、必要なときには漢字表記も交えていることをお断りしておきます。

それからカタカナ表記でも、三浦佑之さんは、須佐之男にスサノヲ、大穴牟遲神にオホナムジ、小碓にヲウスというようなカタカナを当てられています。三浦佑之さんの文章を引用するときは、その表記のままで引用していますが、自分で表記するときは、スサノオ、オオアナムジ、オウスと普通の表記にしています。二種類のカタカナ表記が出てきて読者はわずらわしく思われるでしょうが、そこはどうぞご理解ください。

一

「世界と人間の誕生」の検証

古事記の成立時期について考えることの重要性

はじめに『NHK　100分de名著　古事記』の全体の小見出しを紹介しておきます。これを見ると、三浦佑之さんが、古事記のどういう部分を「名著」として紹介されているかわかると思います。

第1回　世界と人間の誕生
■古事記の成立　■不自然な「序」
■古事記の成立時期　■世界の始まり
■「つくる」「うむ」「なる」　■人は草である
第2回　文化と農耕の起源
■暴れ神スサノヲ
■アマテラスとスサノヲのウケヒ対決
■スサノヲの追放と五穀の誕生
■ヤマタノヲロチと農耕起源
■浮かび上がる数々の対比
第3回　出雲神話という謎
■稲羽のシロウサギ神話
■オホナムヂの試練と成長の物語
■オホクニヌシの国譲り
■日本書紀にはない出雲神話
■豊かな日本海文化圏　■古事記が語る古層の世界
第4回　古事記の正体とは
■ニニギとコノハナサクヤビメ
■ホデリとホヲリの兄弟対立
■日向神話に投影されているもの

■悲劇の英雄ヤマトタケル
■ヤマトタケルを検証する■古事記とは何か
■鎮魂のための物語

小見出しを見ると、そこには「火の神話」への見出しはでてきません。かわりに、「文化と農耕の起源」というタイトルがでてきているのがわかります。なぜ古事記に、ギリシア神話にあるような「火の起源」を読み取ることができなかったかの、最も大きな理由に、古事記に「農耕の起源」を読み取る発想が根深くあることはすでに指摘してきましたが、三浦佑之さんの本もそうなっています。古事記に農耕や稲作の起源の神話を読み取ってゆくと、「火の問題」を読み取ることができなくなってゆきます。その理由を、これから見てゆくことにします。

『NHK 100分de名著 古事記』の小見出しを見るとわかるように、三浦佑之さんは、最初に古事記の成立した時期について「説明」されています。古事記がいつ頃できたのかの理解はとても大事だからです。もちろん古事記の「序文」には、その成立の時期が七一二年に相当する時期（和銅五年）に書かれたとなっているのですが、三浦佑之さんは、そうではないだろうという意見を持っておられます。つまり、七一二年に古事記が書かれたのではなく、むしろ本文はもっと前ではないか、逆に「序文」は平安時代初期（九世紀初頭）に書かれたのではないかと推測されています。

いずれも議論は分かれていますから、素人の私が口をはさむ余地はありません。それにもかかわらず、私も古事記の成立時期の理解が大事だと思うのには訳があります。「偽物」らしき序文に書かれているのは、「天武天皇」がこの古事記を編纂するようにと命じたとされているからです。「偽物」らしき「序文」のことを真面目に受け止めるのかといわれそうですが、古事記の書かれた時代背景として「天武天皇」の時代を軽く見るわけにはゆかないだろうと私も思うからです。私が「序文」で大事だと思うのは、この「天武天皇」を特別に強調して書いているところです。これはたまたま偶然に「天武天皇」を持ち出しているというのではなく、日本書紀の記述も、実質的には「天武天皇」とその妻の「持統天皇」の記述で終わっていることとも考え合わせると、理由があるように思われるからです。

おそらく古事記の理解というのは、実はこの「天武天皇」の理解と深く関わっていると思われます。「天武天皇」というのは、日本史の教科書の中では、古代史最大の戦いと言われる「壬申の乱」（六七二年）の勝利者として習います。もとは陸にいながら海の支配者のような「大海人皇子《おおあまのみこ》」というような異様な名前を持ち、後には「武」という武力の名前をもつすさまじい「天武天皇」を名乗ることになる人物です。学校の歴史で習う「壬申の乱」というのは、天智天皇の子・大友皇子と、天智天皇の弟・大海人皇子との争いと説明されてきているのですが、その歴史的な真相への関心は横へ置いておいて、ここではその「戦い」を、それまでの乱立する地方の豪族が二手に分かれ、武力と策略で相手方を制圧し、国を統一させる戦いとしてあったものと理解しておきます。そうすると「天武天皇」は、その頂点に立った統率者ということになります。ここで大事なことは、国の統一が「武力」で成し遂げられたというところです。古事記の「序文」には、いったん吉野に退いた大海人皇子が、軍を起こし、東国の豪族を味方に付け、近江に進軍していった様子が次のように書かれています。

　天の時いまだ至らず、出家して吉野山に身を寄せ、人々が多く集って堂々と東国に進まれた。天皇の輿《こし》はたちまちにお出ましになり、山川を越え渡った。軍勢は雷のように威をふるい、稲妻のように進んだ。矛が威を示し、勇猛な兵士は煙のように起った。しるしの赤旗が兵器を輝かすと、敵はたちまち瓦解してしまい、またたくうちに妖気は静まった。すなわち、牛馬を休ませ、心安らかに大和に帰り、戦いの旗を収め武器を集めて、歌舞して飛鳥の宮におとどまりなさった。

（『新編日本古典文学全集　古事記』小学館　一九九七）

すさまじい戦いの描写です。まさに「武力制覇する大王」の戦いぶりが描かれているわけです。「偽物の序文」にしても、わざわざ「序文」にこんな「嵐のような戦いぶり」の描写を入れるのには理由があったはずなのです。同じように、日本書紀の天武天皇の記述のところを見ると、ここにもはっきりと彼がこう言ったと書かれています。「およそ政治の要は軍事である」と。「天武天皇」は徹底して「武力の化身」として位置づけられているのです。そして続けてこんなふうに書かれています。

　それゆえ文武官の人々は、努めて武器を用い、馬に乗ることを習え。馬・武器、併せて本人が身に着ける装束を細かく点検して調え補足せよ。馬のある者は騎兵とし、馬のない者は歩兵とせよ。どちらも十分に訓練をして、集結に差し障りがあってはならない。もし詔の趣旨に反して、馬・武器に不都合があり、また装束に不備があれば、親王以下諸臣に至るまで、みな処罰する。

（『新編日本古典文学全集　日本書紀③』小学館　一九九八）

これまたすさまじい命令です。が、古代史最大の戦い「壬申の乱」に勝利した統率者の発言として考えれば当然のこととなるでしょう。なぜこんな武力による国家統一を「天武天皇」が画策したのかというと、「壬申の乱」の前に、朝鮮半島で高句麗、新羅、百済の三国の大きな戦いがあり、倭国もその戦いに参画し、「白村江の戦い」（六六三）で敗北し、その影響が倭国にも及ぶのではないかという懸念があったからです。こうした朝鮮半島における国の戦いと滅びの姿を見て、倭国も武力で強くならなくてはならないことを痛感するようになります。そして倭国はこのあと直ちに、九州や瀬戸内海の各地に、城壁や山城を造り、国を守る防衛の体制作りに入ります。国際状況を見据えた「新しい国作り」が求められていたわけです。そして、この「白村江の戦い」の敗北の十年後に「大海人皇子」が「壬申の乱」を起こし、勝利し、軍事力で全国統一する国を作り上げました。異説はあるにしろ、このあたりにこうした統一国家を「日本」と呼ぶ呼び方が出てくることになります。

これが私のいうところの、古事記の成立時期、あるいは時代背景を知ることが大事だということの中身です。古事記という物語は、こうした緊迫した時代背景の中で、まさにこの時代を引っ張っていった「天武」と呼ばれる天皇を意識するところで作られているということなのです。そのことは、よく理解しておくべきだと私は思っています。なぜそういう理解が大事かというと、古事記の物語の、基本のイメージの理解が、そのことの理解によって全然違ってくるからです。

この後から見るように、古事記は神々による「国作り」からはじまるのですが、この「国作り」というのを、どのようなイメージで考えるのかは、この古事記の成立した時期をどういう時期と考えるのかに大きく係わっています。もしも、古事記、日本書紀ともに、天武天皇から「新しい国作り」がはじまったかのように物語られているとするなら、その「国作り」の基本のイメージは「稲穂作り」ではなく「武力作り」として見えてこないとおかしいことになるからです。三浦佑之さんの古事記紹介にそのことが触れられていなければ、おそらくは正しい古事記理解を読者に紹介されていないのではないかと私には思われるのです。

三浦佑之さんが「序文」の偽物説を主張されていることは、すでにいいました。私も「序文」と「本文」とは別な人が、別の時期に書いたものではないかと感じます。感じはしますが、しかしそれは「序文」には「嘘」が書いてあるというような理解には進みにくいのです。そもそも、古事記の「発行日」が、現代の出版事情から考える「発行日」と同じように考えられない事情があると思われるからです。「序文」と「本文」の間には、「発行年月日」の違いにしてしまえない、古代の物語の成立事情が関係しているのではないかと思われるからです。ですので、私は「序文」が強調しているものを、「偽物かどうか」という視点だけではなく、見てゆきたいと思います。

古事記と日本書紀の違いと、『銀河鉄道の夜』の遺稿の違いについて

古事記と日本書紀の違いについて、素人判断で少しだけ思っていることをここで先に書き添えておきたいと思います。三浦さんは早くから、古事記と日本書紀を一緒くたにして「記紀神話」のように同じようなものとして扱うのは間違っていると主張されてきました。私もそれは大事な指摘だったと思います。ではどういうふうに違っていると考えればいいのかということです。専門的にはいろんな違いを指摘できるし、実際にされてきていると思うのですが、私が古事記と日本書紀を読み比べて（といっても訓読のレベルですが）、わかるところが一つあります。それは、たとえば宮沢賢治全集を手に取ってみたときの感覚に似ているところです。

『銀河鉄道の夜』の巻を開くと、「銀河鉄道の夜」の最終稿とは別に、「異稿（銀河鉄道の夜第一次稿）」、「異稿（銀河鉄道の夜第二次稿）」、「異稿（銀河鉄道の夜第三次稿）」、といったものが収録されています。賢治がいろんな時期に書いた「銀河鉄道の夜」の草稿が、そのまま「遺稿」として載せてあるからです。ではどれが「銀河鉄道の夜」なのかというと、そのどれもが「銀河鉄道の夜」なのです。ただしもっとも完成度の高い「銀河鉄道の夜」とはどれかということになると、それはどれでもいいということにはならず、最終稿の「銀河鉄道の夜」がいいということになります。いやいや「異稿（銀河鉄道の夜第三次稿）」も捨てがたいという人もいます。それぞれに味わい深いものがあるからです。

古事記と日本書紀の違いについても、似ているところがあるのです。日本書紀には「正文」とは別に「一書（正文の別伝）」が収録されています。別々に語られてきたことが、そのまま「第一の一書」「第二の一書」「第三の一書」というふうに収録されているからです。でもその「一書（別伝）」をまとめたものが「正文」かというと、そうでもないのです。

「一書（別伝）」の中の一番長いものが「正文」になっているような感じもしますから。

そんなふうなところを見ていると、日本書紀の「正文」「一書（別伝）」を踏まえて、それをまとめ上げるかのようにして古事記の「最終稿」が作られている感じがしないでもないのです。そうなると、日本書紀の後に古事記ができたようになってしまいます。そんなことをいうと、話がややこしくなるので困るといわれるかもしれませんので言いませんが、気になっているので書いておきます。こういうことをあえて書きとめておくのは、現代の書物の「発行年月日」などをイメージして、古事記と日本書紀の「発行日」の「後先」を考えてはいけないと思うところがあるからです。さらに「偽物」「本物」という発想だけでなく、もっと違った考え方のもとに古事記と日本書紀の成立事情の「後先」は考えられてもいいのではないかと思うところがあるからです。

古事記の上巻の神話篇は、「国作」りとして語られる

古事記の上巻の神話篇を見てゆきます。神話篇は、国の作られ方を、「神々が国を生む」物語としているところに特徴があります。そういう発想に神話の面白いところ、味わい深いところがあります。もちろん実際の「国作り」は、さまざまな武力を持った地方の豪族達の戦いの中で形成されていくものでした。「武力」なしの「国作り」などは考えることができません。その「武力」とはいうまでもなく、「武器つくり」です。もっと具体的にいえば、それは、人を切ったり、刺したりしても、ポキッと折れたりしない「硬い鉄の武器作り」ということです。そういう実際の「国作り」が、神話の「国作り」にも当然反映されてゆくことになります。古事記が長い間誤解されてきたのは、そういうふうな実際の「国作り」が反映されている物語であるところを読み取る努力をしてこなかったところにあります。

三浦佑之さんは、第一回目で、古事記のはじめの部分を次のような口語に訳して説明されています。

> 天と地がはじめて姿を見せた、その時に、高天《たかま》の原に成り出た神の御名《みな》は、アメノミナカヌシ。つぎにタカミムスヒ、つぎにカムムスヒが成り出た。この三柱《みはしら》のお方はみな独り神で、いつのまにやら、その身を隠してしまわれた。
>
> できたばかりの下の国は、土とは言えぬほどにやわらかくて、椀《まり》に浮かんだ鹿猪《しし》の脂身《あぶらみ》のさまで、海月《くらげ》なしてゆらゆらと漂っていたが、その時に、泥の中から葦牙《あしかび》のごとく

に萌えあがってきたものがあって、そのあらわれ出たお方を、ウマシアシカビヒコヂと言う。（略）

アメノミナカヌシは「天の真ん中にいる偉い神様」といった意味ですが、詳細はよくわかりません。というのも、古事記の最初に登場するいかにもありがたい名前の神様なのに、ここで登場したきり、お隠れになってしまうのです。

（略）

「ムスヒ」という名は「結ぶ」という意味ではなく、「産《む》す」という意味をもち、「ヒ」は「神（神霊）」をあらわす接尾辞ですから、「ものを生み出す神」といった意味になります。この世の最初の時に、あらゆるものを生み出す神があらわれました。（略）

続いて地上には、どろどろした形にならぬ脂のような状態の中から、ウマシアシカビヒコヂ〔宇摩志阿斯訶備比古遅〕という葦の芽の男神と、アメノトコタチ〔天之常立〕が生まれます。

その後も次々に神が生まれ、その最後にイザナキ〔伊耶那岐〕、イザナミ〔伊耶那美〕という兄妹神が登場します。

国生みの神として知られるイザナキ、イザナミは、最初に矛《ほこ》を使ってオノゴロ島を作り、その後二人は男女の交わりをなして、この国の島々を生んでいくのです。

少し長い引用になりましたが、古事記の大事なはじまりの部分の紹介ですから、致し方ありません。古事記のはじまりには二つの部分があって、三浦佑之さんの紹介では、この二つの部分が、紙面の関係上一続きに紹介されています。なので、ここでは分けて理解してゆきたいと思います。大事なポイントは、最初の神々の生まれる物語と、イザナキ、イザナミの国生みの物語の根本の違いについての理解です。最初の神々の現われは、まさに「現われ」を物語っているだけなのですが、イザナキ、イザナミの物語は、「矛《ほこ》を使って」島を作り、国々を生んでいった物語になっています。どこが違うのかというと、後者ははっきりと、武器である矛を使って、国生みをしていることが書かれているところです。

しかし考えてみると、イザナキ、イザナミが使う「矛」は、誰かがすでに準備してくれていないといけません。ということは、イザナキ、イザナミの生まれる前に現われている神々が、実はどこかでこの「矛＝金属の武器」をつくっていたということになります。また、そうならないと話のつじつまが合いません。そのどこかとは、「高天原」以外に考えることはできません。「高天原」で「武器」を作っていたということなのです。ですから、古事記のはじまりには、武器を準備する神々と、その武器である矛を使って国作りする神々が、分けて語られている、と理解しなくてはいけなくなります。

こうした理解を踏まえて話を進めます。三浦佑之さんは、古事記のはじまりの部分について、この本では詳しい説明はされていません。それをするためのスペースもなかったと思われますが、ここは大事なところですから、私なりに簡単に説明しておきたいと思います。

「ムスヒ」の神の「日」と「火」について

三浦佑之さんの口語訳のように、最初に「高天原」に「天《あめ》之御中主神《のみなかぬしのかみ》」、「高御産巣日神《たかみむすひのかみ》」、「神産巣日神《かみむすひのかみ》」という三柱の神が現われました。細かな説明は省きますが、最初に「中」を持つ神と、ムスヒと名づけられた神が現われたというわけです。「中」というのは、すでに指摘したように「子宮」のような「中」をイメージさせる神で、その「中＝子宮」とともに「ムスヒ＝生む」神が現われたというのですから、よく考えられた設定になっているのがわかります。問題は、この「中＝子宮」や「ムスヒ＝生む」というイメージを、生きものの子宮や出産のようにイメージしてはいけないというところです。あくまで神話篇は「国作り」の物語なのですから、「国を生む」という基本的なイメージを読み取ることを忘れてはいけません。その基本的なイメージとは、「国作り」が「武器作り」だというところです。その「武器作り」とは基本的には「鉄作り」だというところです。

そのことを踏まえて、続けて古事記を読むと、最初は、「国若くして」「脂の浮いたよう」に漂っていたことが書かれています。「国」がまだ統一されずに、不安定な状態を言っていると読めます。その中に、牙や芽のような小さな神が萌騰がり、床を立てる神が現われたというのです。脂やくらげのようにただよう国に対して、先ずは鋭い「牙」のような硬さを持った神と、ただよう国を固定させるための「床」の神が現われたというのです。そういう「神」は、話の流れからすると、「中＝子宮」の神と「ムスヒ＝生む」の神が準備したと考えることができます。

この最初の話の理解で大事なところは、くり返して言えば「国作り」が「武器作り」であり、その「武器作り」が「鉄作り」である、というところです。しかし、そういう理解だけでは不十分です。「鉄作り」が本当に必要だと考えるなら、その「鉄」を作るには、「カマドの火」のようなものではなく、鉄を溶かす「高温の火」が必要であるところに思いを寄せなくてはなりません。そのことを考えると、ここでの「ムスヒ」というのは確かに「ムス＝産す」に「ひ（日）」がついているのですが、その「ひ（日）」は、「ひ（火）」と考えなくては話のつじつまが合わないことがわかります。でも実際の古事記では「ムスヒ」は「産巣日」と書かれていて「ヒ」には「日」という漢字が当てられています。古代の言葉では「ヒ」と発音しても、意味を区別するために「日（ひ）」と「火（ひ）」は、はっきりと分けていて、「日（ひ）」は「甲類」、「火（ひ）」は「乙類」とされていました。だから「ムスヒ」が「産巣日」と書かれているのは、この「ヒ」ははっきりと「火」ではないですよ、ということを言っていることになります。しかし、そういうところに古事記の「なぞかけ」があるわけで、私たちは、辞書的に「産巣日」の「ひ」を「日」として書かれてあるのでそれ以外の読み取りはしてはいけないのだと考えることはできないのです。相手はしたたかに作られている神話なのですから。ちなみにいうと、三浦佑之さんは先ほどの引用文の中で「『ヒ』は『神（神霊）』をあらわす接尾辞です」と書いていました。三浦佑之さんも、「日」を「霊」と読み替えているのです。

神話と「詩的な喩」

ここでは「ムスヒ」が「日」のつく神とされていても、「火の神」の「詩的な喩」として読み取れることを考えておかなくてはなりません。というのも、ここで「ムスヒ」をただ「日の神」としてだけで受け取れば、「国作り」に必要な「火の神」を、どこにも確保することができなくなるからです。そうなると、どこかで「ムスヒ」の「日」に「火」の「詩的な喩」を読み取るという作業が必要になるということです。「日」であって「日」でないものなあにという「なぞかけ」です。

こうして、はじめて「日」と「火」はどこがどう違うのかという、根本の問いかけの生まれる余地が出てきます。その問いを立てることはとても重要です。「日」と「火」の区別と同一性を深く考えることが、実は古事記を現代的に読むという大きな課題を理解することにつながっているからです。ですから、「日」と「火」を、古代の音韻の「甲類」や「乙類」の区別を楯にして、公然と分けてしまうと、せっかくの「詩的な喩」を使って語ろうとしている古事記の意図が理解できなくなってしまいます。

そしてそれ以上に、こうした「日」と「火」の違いの理解が、とても現代的なテーマになっていることも見えなくなってしまうのです。というのも、「日」は「太陽」だという今日の理解の上に立って、原子力発電で起こる「原子力の火」は、地上に「太陽」を作ることだというような宣伝がなされたこともあったからです。

　こうなると、「日」と「火」の理解が紙一重になることがわかります。そして実は古事記の作り手は、この「日」の問題が「火」の問題であることがよくわかっていて、それであえて「火」が問題になるところで、それを「日」と置き換えたり、「穂」と置き換えたり、工夫をしてきていたのです。

　産巣日神のもつ、こうした「日の神」と「火の神」との関係は、「ルービンの壺」と呼ばれた「判じ絵」に似ています。

　この絵は「壺」と「顔」の両方が描かれているのですが、両方を同時に見ることはできません。「壺」を見れば「顔」は見えなくなり、顔を見れば壺は見えなくなるからです。それを「反転」というのですが、まさに産巣日神は、「日の神」と「火の神」の反転として存在しています。「反転」とは、「喩」のような多義的な意味を持つものの別名です。産巣日神も、そういう「詩的な喩」のように存在し、「反転」するようにして存在させられているのです。こうした「反転の仕組み」のために、片方を見れば、片方を見ることができなくなるのですが、古事記は、そういうふうに、反転することでもう一つの姿が見えなくなることを「身を隠す」と書いています。

　産巣日神の現われた後、「国」を立てるための「国之常立神」と「豊雲野神」が現われます。この二柱の神も「身を隠した」と書かれているので、「判じ絵」として「反転」する姿を持っていることがわかります。どういう姿を隠し持っているのかというと、「国の常立」とは、まさに国作りに欠かせない「鉄」を作るための「床」を用意する神のイメージを内包し、「豊雲」とは、「鉄」を作るために炭を燃やして立ち上る豊かな煙のイメージを内包していたのです。

泥の神からイザナキまで

　次に現われたのは、泥や土の神や、棒やホトの神であり、その最後にイザナキとイザナミが現われたとされています。

妙な神々が現われたものです。たいていの「説明」は、自然を神格化した神がここで現われたのだとしていますが、そんな「自然」が現われてきたようなことをここで物語っているなら、もっと壮大な海や山の神格化した神を物語ればよいのに、そういうことはしていないのです。なぜかといえば、古事記は単なる「自然」が出来てくるようなことを物語る目的で作られているのではなくて、あくまで「国作り」を物語る書物として作られていたからです。その基本を見失ってはいけないと思います。

その基本を見据えて読むと、ここでまず泥や土の神が現われるのはとても理にかなっています。というのも、この泥や土でまず何が作られるのかというと、それは鉄を溶かす「溶炉」だからです。「溶炉」は泥を何層にも塗り固めて作る浴槽のようなものです。そこに炭を入れ、砂鉄を入れ、溶けた鉄を作るのです。そうした「炉」の全体が「子宮」のようなものであり、そこに「角《ツノ》」や「杙《クイ》」と呼ばれる棒状の、男性の性器のイメージをもたされた神が現われます。そしてイザナキとイザナミの神が現われます。

イザナキとイザナミの神名は、従来からはお互いを「誘う=イザナう」ので、イザナキとかイザナミというふうに付けられているのだと「説明」されてきました。もちろん神名を「詩=喩」として見る立場からでは、さまざまに読み取っていいのですから、それはかまわないのですが、でもイザナキを「誘う=イザナう」と読むとして、その読みがそれまでの物語の流れとどう係わるのかを考えてみたら、ほとんど意味のない解釈をしていることに気がつきます。二柱の神を人間の男女に置き換えているだけなのですから。

イザナキは、サナキという「鉄の子宮」を持つ神

そういう解釈をするくらいなら、イザナキを「サナキ」の神と解釈する読みのほうが、それまでの物語の流れに沿うので、はるかに理にかなっています。「サナキ」とは広辞苑六版を引かれると、次のように書かれています。

さなき【鐸】鉄製の大きな鈴。古語拾遺「鐸、古語、佐那伎」

サナキとは、銅鐸の鐸と書いて、それは「鉄の大きな鈴」だというのです。つまり中が空洞の鉄の容器をサナキと呼んでいたというのです。この、中が空洞の身近な生きものを、私たちは「さなぎ=蛹」と教わってきたのですが、おそらく「サナキ(鐸)」と「さなぎ(蛹)」のイメージは重なっているのだと思います。ということは、もし「サナキ(鐸)」が

「さなぎ（蛹）」とイメージを重ねられているのだとしたら、「さなぎ（蛹）」は「子宮」のようなものですから、「サナキ（鐸）」も「子宮」のイメージを持たされていることになります。でも、「サナキ（鐸）」は鉄でできているわけですから、「鉄の子宮」ということになります。ということは、それは「鉄を生む子宮」だということです（このイザナミの神名をサナキに結びつけて理解しようとしたのは、詩人の福士幸次郎でした。こうした理解は、「詩的形象」を大事にする詩人たちによって初めて多義的に読み取られることになってきたのです）。

こういう理解を踏まえると、イザナキとイザナミの二柱の神は、いかにも見かけは男女の神のように見えていても、実は共に「鉄の子宮を持つ神＝サナキ」として設定されていることがわかります。このことの意味が、さらにわかるのは、物語のもっと先で、イザナキが単独で、アマテラスとスサノオとツクヨミの神を「生む」ところです。この時にイザナキという男神がたった一人で三柱の神を生んだなどと理解してはいけないのです。イザナキも最初からサナキという子宮の神として設定されていたのですから。

「火の神」の物語の大事さ

さて、この後、神話はイザナキ、イザナミの国生みの話になってゆきますが、話をとばして最も大事な場面に話を進めます。それはイザナミが「火の神」を生んで姿を消し、「黄泉の国」へ行く件《くだり》の話です。なぜこの場面が大事かというと、もしもこのままイザナキ、イザナミが、仲むつまじく順調に「国生み」を続けていったなら、そんな相思相愛の神同士の間で生まれた国々が、「争い」をするなどということは考えられなくなるからです。しかし現実の「国作り」は、国と国の争いだったわけで、そのことを古事記も描かないわけにはゆかないのです。ではどうすればいいのか。どうすれば、国々の争いを描くことができるようになるのか。

それは、神々の生んだものの中から、造反者が出て、それが「荒ぶる国」を作ることになり、それに対抗して「良い国」を作ろうとする神々が、その「荒ぶる国」を平定し支配下に置くような「国譲り」のストーリーを考えてゆくことです。そしてその「良い国」と「荒ぶる国」を分けるきっかけを作ったのが、イザナミが「火の神」を生んだことからだ、と古事記は書いているのです。ですから、この「火の神」の生まれる物語の大事さは、どれほど強調してもしすぎることはありません。そして実は、この物語が、最初に取り上げた朝永振一郎さんら科学者の注意を引いていたギリシア神話のプロメテウスの話に匹敵する話になっていたのです。むしろギリシア神話を上回るような、「火」についてよく考えられた物語になっているのです。

にもかかわらず、日本の古事記の研究は、この大事な物語をわかりやすく人々に伝えようとしないできています。そして今回の『100分de名著　古事記』でも、この大事な物語には、ほとんで触れずに話を進め、それで古事記を名著として紹介しようとしています。それは大変困るのです。

それではここから、このイザナミが火の神を生む物語は、どのように描かれているのか見てゆきます。忘れられてはならない大事なことは、くり返して言うことになりますが、最初の「ムスヒ」からして「火の神」である、ということの理解です。

だからイザナキもイザナミも、基本的には「火の神＝鉄の子宮」の性質をもっているということです。そしてイザナミも自分が「火の神」であるからこそ、「火の神」を生むことができているのです。

そのイザナミが生んだ火の神は、カグツチ（迦具土）と呼ばれることになるのですが、「カグ―ツチ」という神名は「火具《かぐ》」と「鎚《つち》」の合成されたもので、鎚で打ち付ける火具のイメージを内包しており、それは鍛冶場の最も中核になるイメージでもあります。

ですから、今から、カグツチの「説明」をするのですが、その基本的な光景は鍛冶場の光景であることを、忘れないようにしてゆきたいと思います。

二

「カグツチの神話」の再発見——『100分de名著　古事記』の触れなかった神話

なぜ「人間の誕生」が描かれないといけないのか

古事記という独特な神話の物語の「説明」をする第一回目を、三浦佑之さんは、「人間の誕生」というものをかんがえるところからはじめています。こんなふうにです。

古事記には神々の誕生については語られているが、人間の起源は語られていないというのが一般的な見解です。たしかに、人はこのようにして生まれたと語る神話はありません。しかし、わたしは、古事記は人間の祖先について語っていると考えています。

しかし、神話としての古事記の面白さを読者に伝えるのに、どうして「人間の誕生」が描かれているということを、最初にいわなくてはならないのか、わからないところです。そもそも神話というのは、神々を語るスタイルを取りながら、実は「人間」のことを語っているわけで、「神々の話」と別に「人間の話」があるわけではないことは誰もが認めていることでした。上巻（神話篇）も「人間の物語」です。人間の物語ですが、「神々」というイメージを使って人間の物語を語っているだけでした。大事なことは、なぜそのような「神話」のような回りくどい物語を使って、古代の人は「人間」のことを語らなくてはならなかったのか、というところです。

それはギリシア神話を考える時も同じです。「人間」の話をする前に「神々」の話をしているのが「ギリシア神話」ですが、だからといってそこに「人間」は出てこないのかというと、多くの読者は「神々の物語」に「人間の物語」を読み込んできていたものです。人間とは別に神々がいることなどはあり得ないからです。

付録で「ギリシア神話」と「プロメテウスの火」について「解説」をしていますからあとで見てもらえばいいのですが、「人間の時代」だけを語っていては、大事なことが語りきれないので「神々の時代」を物語ってきたわけで、そんな「神々の時代」に、三浦さんのように「人間」のことも書いてあるなどと言えば、「神々」と「人間」を分けて描く必要がなくなるはずなのです。

カグツチ神話の発見

古事記の中でも、最も大事な物語の一つが、火の神・迦具土《かぐつち》が生まれる物語です。しかし、この物語を三浦佑之さんは紹介されていません。古事記では、このカグツチを生んだがために、イザナキとイザナミは別れ、黄泉の国の場面が描かれ、その後イザナキが単神で最も重要な神、アマテラスとスサノオを生むことになります。もしもイザナミがカグツチを生んでいなかったら、この後の展開の物語は違ったものにならざるを得ないはずなのです。しかし、そんな大事な物語を、三浦佑之さんは十分に説明をしないままで古事記を紹介されています。なぜ十分に紹介されなかったのでしょうか。考えられることは、二つほどあります。

一つは、そもそもこの神話が、そんなに大事な神話とは認識されていないから、という理由です。他にもっと大事な物語があるので、カグツチの神話の説明に時間をかけると、他の大事な神話の説明ができなくなるから、と。もう一つは、このカグツチの話には、「ほと」を焼かれるなど性的なイメージがでてくるので、一般向けの本としては「説明」しにくいという理由から。そういう理由なのかどうかはもちろんわかりませんが、『100分de名著　古事記』以外の『古事記講義』や『古事記を読み直す』にも、カグツチの話を正面から取り上げようとされている形跡はないので、とても不思議に思います。

カグツチの神話
その①イザナミが火の神・カグツチを生む場面

私はしかし、古事記におけるこの「火の話」を紹介することから、古事記の豊かさを紹介してゆかなくてはと思います。火の神＝カグツチの生まれる「火の神話」は、二つの場面に分けて描かれています。①イザナミが火の神・迦具土を生んで、ホトを焼かれ、苦しみ、「神さる」場面です。次に②イザナキが刀を抜いて、迦具土を切ると、血が石群に飛び散って、さまざまな神々が生まれたという場面です。そして、そのあと神避るイザナミが黄泉の国へ行き、イザナキとやりとりし、イザナキが逃げて戻るという重要な場面につながります。

古事記は大事な場面をなぜ二つに分けて描いたのか。このことを考えることも大事です。まずは、その二つの場面を順番に紹介します。訓読は次のようになっています（この場面を理解していただくのに、三十一ページの図は必ず参照していただくようにお願いしておきます）。

次に、生《う》みし神の名《な》は、鳥之石楠船神《とりのいはくすふねのかみ》。亦《また》の名は、天《あめの》鳥船《とりふね》と謂《い》ふ。次に、大宜都比売神《おほげつひめのかみ》を生みき。次に、火之《ひの》夜芸速男神《やぎはやをのかみ》を生みき。亦の名は、火之絃毘古神《ひのかかびこのかみ》と謂ひ、亦の名は、火之迦具土神《ひのかぐつちのかみ》と謂ふ。此《こ》の子を生みしに因《よ》りて、みほとを炙《や》かれて病み臥《ふ》して在《あ》り。たぐりに成《な》りし神の名は、金山毘古神《かなやまびこのかみ》。次に、金山毘売神《かなやまびめのかみ》。次に、屎《くそ》に成りし神の名は、波邇夜須毘古神《はにやすびこのかみ》。次に、波邇夜須毘売神《はにやすびめのかみ》。次に、尿《ゆまり》に成りし神の名は、弥都波能売神《みつはのめのかみ》。次に、和久産巣日神《わくむすひのかみ》。此の神の子は、豊宇気毘売神《とようけびめのかみ》と謂ふ。故《かれ》、伊耶那美神《いざなみのかみ》は、火の神を生みしに因《よ》りて、遂《つひ》に神避《かむさ》り坐《ま》しき。

（『新編日本古典文学全集　古事記』小学館　一九九七）

やさしくいうと、次のようになるでしょうか。イザナキとイザナミの二柱の神は、それまでにもたくさんの神々を生んできていたのですが、ここにきて天鳥船《あめのとりふね》と呼ばれる「船の神」と大宜都比売神《おほげつひめのかみ》と呼ばれる「食物の神」を生み、その後「火之迦具土神《ひのかぐつちのかみ》」（―以下カタカナでカグツチと表記）と呼ばれる「火の神」を生み、その火の神を生んだがために「みほと」を焼かれて「病み伏す」ことになってしまった。その時に、嘔吐して生んだ神、糞をして生んだ神、尿をして生んだ神がいた。そしてその後神避ってしまった。そういうことが、この①番目の部分に書かれています。

この場面に至るまでの経過や、その意味については後で触れることにして、まずはこの場面の大事な見方について「説明」をしておかなくてなりません。

イザナミから生まれたカグツチは、ここで「火の神」と言われていますから、何かしらめらめらと燃える「炎」のようにイメージされてきました。しかし、この場面はそんなめらめら燃える「炎としての火」を生んだ場面が描かれているわけではないのです。そういう理解をしてしまうと、このカグツチが生まれる前に、天鳥船《あめのとりふね》と呼ばれる「船の神」と大《おほ》宜都比売神と呼ばれる「食物の神」がセットで生まれているところがうまく理解できなくなります。

というのも、ここで天鳥船《あめのとりふね》と特別に呼ばれている「船」は、実は鉄を作る「炉」のイメージを持たされているところがあるからです。それは泥を塗ってつくる泥船のような容器です。その「船」の中に、鉄を作るための砂鉄や炭などを入れます。それが、ここでは「炉の食べる食材」とみなされていきます。こうした「炉」の特別な「食材」を用意する神が大宜都比売神なのです。そうした「船」と「食材」を使って「溶けた鉄」を作ります。イザナミは、幾夜もぶっ通しで、炭と砂鉄を燃やし続け、高温の火を維持し、砂鉄を溶かします。それがイザナミの仕事です。

そうして溶けた鉄は「ホト」と呼ばれる溶炉の下の穴からでてきます。「ホト」はもとは「ほと＝火戸」のような意味で、「炉」の中の火の加減を見る覗き戸のようなものであっただろうと思われます。それが溶けた鉄を取り出す出口の意味にも用いられ、いつの間にか「ほと＝女陰＝女性器」というふうに注釈されてきました。そして、これもいつの間にか「火の神」を生んだ時に「女陰＝女性器」を焼かれたというふうに理解されるようにもなってゆきました。

さて「炉」の中で溶けた鉄は、「ホト」から出てくるわけですが、実際には溶けた鉄がすべて「ホト」から出てくるわけではありません。溶けた鉄は「炉」の底に溜まって塊になってゆくからです。ですから、そうして出来上がった鉄を「炉」から取り出すには、その泥でできた「船＝炉」の壁を棒で突いて壊すしかないのです。そして「壊した炉」の中から、ようやく鉄の塊をひっぱりだして、それを人工の水たまりにつけて冷やすことになります。そこまでの作業を、実はこの①の部分が含んでいるのです。

なぜそういう理解ができるのかというと、ここでイザナミは「神避る」と書かれているからです。この表記を多くの人は、イザナミがホトを焼かれて「死んだ」と、読んできました。その後の件では、イザナミを比婆の山に「葬った」と書かれてあるので、この「神避る」もイザナミの「死んだこと」だとされてきたのです。

しかし、物語のこの段階ではまだ「死んだ」ということは少しも書かれていません。「神」が「避る」と書かれているだけです。「避る」とは離れるという意味です。つまり、イザナミはカグツチを生んで、いったんこの場から離れたというわけです。なぜなのか。図をみてもらうとわかるように、「炉」としてのイザナミはここでいったん壊されて、形もなくなってしまうからです。では、それは「死んだ」という

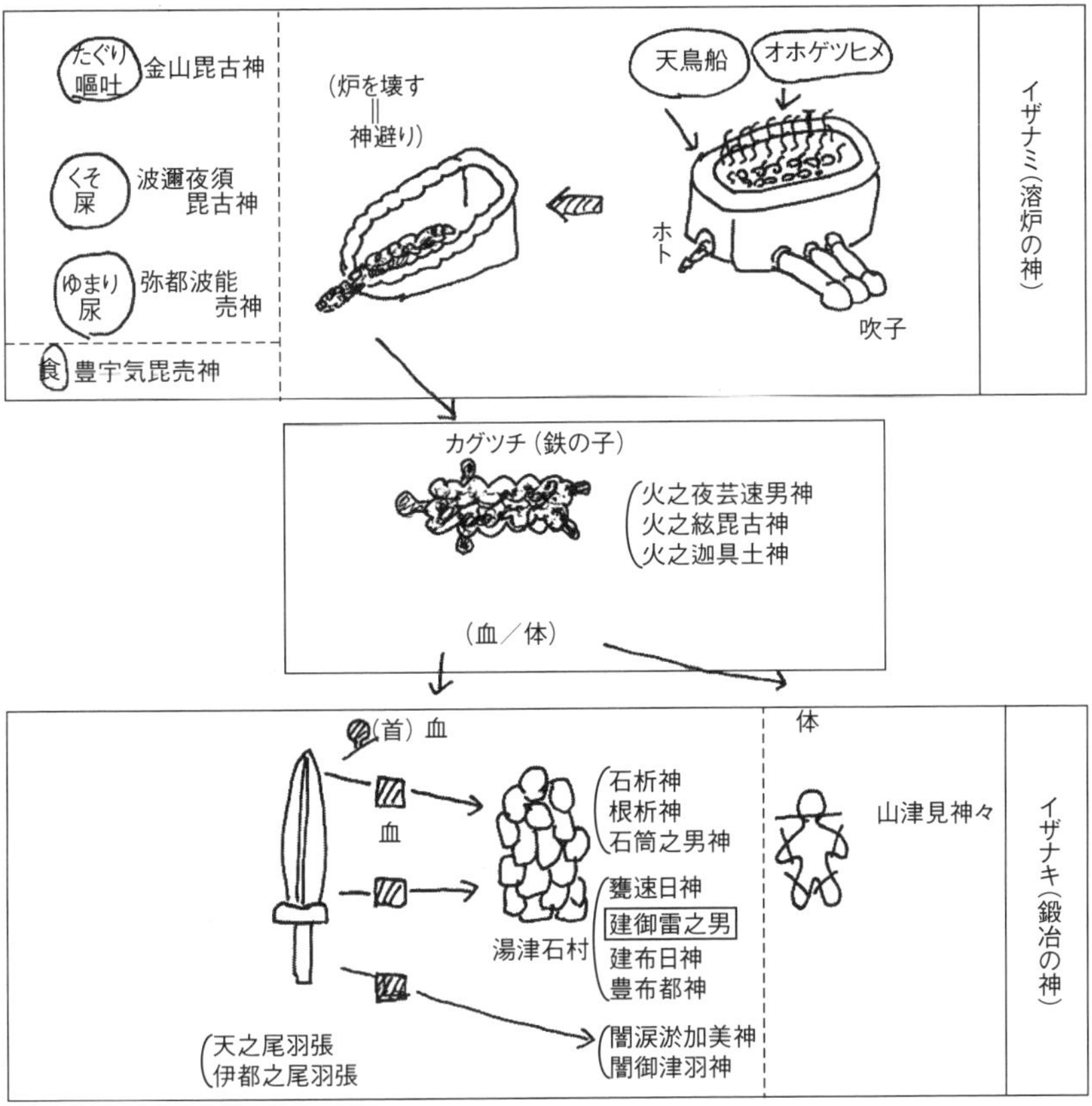

ことなのかというと、それは違うのです。形がなくなっただけで、いわゆる「神避る」ことをしただけなのです。また、準備をすれば、再び「炉」は作れるのですから。

　なぜそのようなことがいえるのかというと、まさにイザナミはすでに、「準備」をして後、その場から離れていたからです。その「準備」とは、イザナミがカグツチを生んだ後にしたことです。それは三つあります。「たぐり（嘔吐）」と「屎」と「尿」でした。そして、そのそれぞれに、金山毘古神《かなやまびこのかみ》、波邇夜須毘古神《はにやすびこのかみ》、弥都波能売神《みつはのめのかみ》の神々が生まれ、その後で豊宇気毘売神《とようけびめのかみ》が生まれたとされています。

　この場面は、汚い、滑稽な描写がなされていると思われるかも知れませんが、そんなことはないのです。ここにはとてもよく考えられたことが書かれているのです。古事記の製作者達は、私たち現代人が考えるよりはるかに優れた想像力を発揮してこの物語を作っているのですから。そこで、このイザナミが「神避る」前に、生んだ神々は何者かというと、それは従来の研究でよくわかっていることです。金山毘古神《かなやまびこのかみ》は、鉱山の神。波邇夜須毘古神《はにやすびこのかみ》は「粘土の神」。弥都波能売神《みつはのめのかみ》は「水の神」。そして豊宇気毘売神《とようけびめのかみ》は「豊かな食物の神」というふうに。

つまり、ここでイザナミは「神避る」前に、鉱山で採れる鉄鉱石や砂鉄と、「炉」を作るための泥と、できた鉄を冷やす水、そして、「炉」に入れる諸々の材料を生んでいたのです。そういう意味を持つ神々を生んでいることはわかっているのに、従来の解釈では、なぜそのような神々をイザナミが「神避る」前に生んだのかを、うまく「説明」することができていませんでした。「ホト」を焼かれてよっぽど苦しかったので、嘔吐をしたり屎をしたり、おしっこを漏らしたりしたのだろう、というような解釈をするのがせいいっぱいでした。しかし、そんなどうでもいいようなことを、優れた古事記の製作者たちが、わざわざ書くわけがないのです。イザナミが「神避る」前に生んだ神々は、壊された「炉」を再び作り直せる材料を提供する神々ばかりなのですから。くり返して言えば、鉱物（砂鉄）と泥と水といえば、それは鍛冶場を作るためには、なくてはならないものばかりで、そして、そういう「溶炉」に入れるための炭など必要な「溶炉の食物」をひっくるめてつかさどる豊宇気毘売神《とようけびめのかみ》を最後に生んでいた、ということになっているのです。この神は先ほど天鳥船とともに現われた大宜都比売神《おほげつひめのかみ》とちゃんと対応しています。

こうしてみると、この①番目に書かれた物語には、無駄のないよく計算されたことが書かれていることが理解されると思います。

カグツチの神話
その②イザナキがカグツチを切る場面

こうしてカグツチが生まれることになりました。ただし、こうして見てみると、カグツチが従来から言われてきたような「炎」のような「火の神」ではないことがわかります。生まれてきたのは「鉄の塊」つまりこれから「鉄」になろうとする最も初期の段階の鉄の塊であることがわかります。いわば「鉄の子」だということです。なぜカグツチが「炎のような火」ではなく、「鉄の子」なのかというと、その理由もまた物語にちゃんと描かれています。それがカグツチを「切る」という物語です。「火」を切るなんて妙な話だと多くの人は思いながら、でも、イザナキは炎のような神を「切った」のだとイメージしてきました。訓読文では次のようになっています。

是《ここ》に、伊耶那岐命《いざなきのみこと》、御佩《みは》かせる十拳《とつか》の剣《つるぎ》を抜《ぬ》きて、其の子迦具土神《かぐつちのかみ》の頸《くび》を斬《き》りき。爾《しか》くして、其の御刀《みはかし》の前《さき》に著《つ》ける血、湯津石村《ゆついはむら》に走《はし》り就《つ》きて、成れる神の名は、石析神《いはさくのかみ》。次に、根析神《ねさくのかみ》。次に、石箇之男神《いはつつのをのかみ》。次に、御刀《みはかし》の本《もと》に著《つ》ける血も亦《また》、湯津石村《ゆついはむら》に走《はし》り就《つ》きて、成れる神の名は、甕速日神《みかはやひのかみ》。次に、樋速日神《ひはやひのかみ》。次に、建御雷之男神《たけみかづちのをのかみ》。亦《また》の名は、建布都神《たけふつのかみ》。亦の名は、豊布都神《とよふつのかみ》。次に、御刀《みはかし》の手上《たかみ》に集《あつ》まれる血、手俣《たなまた》より漏《く》き出《い》でて、成れる神の名は、闇淤加美神《くらおかみのかみ》。次に、闇御津羽神《くらみつはのかみ》。

（『新編日本古典文学全集　古事記』小学館　一九九七）

わかりやすくいうと、イザナキは刀を抜いて、カグツチの首を切ってしまいました。その切った刀の先に付いた血が、岩の群れに飛び散って、そこに生まれたのが、岩を砕く力を持った神、石析神《いはさくのかみ》、根析神《ねさくのかみ》。次に刀の柄に付いた血が、岩の群れに飛び散って、そこに生まれたのが、武力の神、甕速日神《みかはやひのかみ》、建御雷之男神《たけみかづちのをのかみ》。その次に、刀の握りに付いた血がしたたり落ちて生まれたのが、水の神、闇淤加美神《くらおかみのかみ》、闇御津羽神《くらみつはのかみ》、と書かれています。

生々しい、残酷に見える場面です。それは、刀とか、首を切るとか、血が飛び散るというふうな描写のせいです。なぜ古事記の書き手はこんな描写をここで入れているのでしょうか。考えられることは、火の神・迦具土の生まれを、あえて凄惨な武力のイメージの中でとらえておくためです。このことを考えるだけでも、カグツチが「炎の神」のようなものではなく、殺傷にかかわる武器のイメージとともにあることがおわかりいただけるかと思います。

ただし、物語を丁寧にたどると奇妙な展開になっていることもわかります。それは、イザナキがカグツチを切ろうとした理由と、その切った後の展開が、ストレートにつながっていないというところです。どういうことかというと、イザナキがカグツチを切ったのは、イザナミがホトを焼かれて「神避る」ことになったからだと読み手は理解してきています。そのために、イザナキは大哭（大泣き）をしていたからです。いかにも、イザナミ思いの優しい夫の振るまい、というふうに読み手は物語の展開を読んできています。けれども、いったんカグツチの首を切ってから後の描写は、そんな「妻思いの優しい夫」の描写とはおよそ関係のない展開に終始しているからです。本当に「妻思いの優しい夫」みたいなことを描きたかったのなら、カグツチを首を切って恨みを果たしました、というふうに書いて終わればよかったはずなのです。でもそんなふうには終わらずに、なにやら首を切った血が飛び散って神々が生まれたというような、凄惨な場面を描くほうに物語が進められているのです。

ということは、いかにもイザナキは、イザナミの仕返しのためにカグツチを切っているかのように見せかけていて、本当はそうではなく、この場面は別な狙いをもって書かれていたということなのです。それは、イザナミへの恨み辛みとは全く関係のないところで、イザナキはカグツチを切らなければならない理由があったからです。なぜなら、もしカグツチがここで「鉄の子」として生まれてきているのなら、これから「鍛冶師」の手によって、分割され、何度も叩かれ、鍛えられて、道具や武器の形に「修理固め」されなくてはならなかったからです。もっといえば、何のためにイザナミがカグツチを生んだのかというと、それを適当な大きさに切って、叩いて、道具や武器を作るためだったからです。はじめからカグツチは切られるためにというか、切られることを前提にして生まれてきていたというわけなのです。しかし物語はその意図を隠して、イザナミがカグツチを生んでホトを焼かれて神避ったがために、切られたのだと読まれるように工夫しているのです。ここが古事記の巧みなところです。問題はなぜそんな工夫をしたのかということです。話を面白くするためにそんな回りくどい話を作っていたわけではないのです。

カグツチは切られるために生まれてきたのですが、この「切る」者はイザナキでした。普通の読みではそれはイザナキが「妻思いの夫」だったからということになっていましたが、そうではなく、見てきたようにカグツチを「しっかりと切る」ためにそこにいたわけです。ではこの「しっかりと切る」ということをどのように考えるといいのかというと、イザナキをしっかりした「鍛冶師」として考える、ということです。つまり、イザナキは「鍛冶師」として、「炉」から取りだした鉄の子（カグツチ）に向かい合い、思い切りよく「鉄の子」を切って、そして鍛えて、使える道具に仕立て上げなくてはならない神としてそこにいたというわけです。

「刀」と「血」の大事さ

ここでさらに古事記の書き手のすぐれた発想を見ることができます。それは、カグツチを切った「刀」と「血」のイメージを前面に出す工夫をして、読み手の関心を引きつけているところです。仕返しのためにカグツチを切ったのなら、切った刀などはどうでもいいはずです。カグツチの首を切ればそれで目的は果たせたわけですから。そこで切った刀の良さをうんぬんしても、悲しんでいるイザナキのためには何もならなかったはずなのです。しかし、この場面では、カグツチを切ったことより、まずは切った「刀」とそこから飛び散った「血」のほうに書き手は関心を寄せています。ここでの「刀」と「血」には、どんな思いが込められていると考えるといいのでしょうか。

一つはっきりしているのは、まずこの「刀」が、鍛冶師＝イザナキのもつ、「鍛冶技術の高さ」を象徴しているということです。これは「刀」というものを理解する上ではとても大事な視点です。カグツチを切るということは、鉄の塊をさらに切ったり割ったりできる、さらなる強い鉄が必要だということです。鉄の子を切る道具を持たなければ、そもそも鉄の「修理固め」等はできないわけです。この「生まれての鉄」を、「切る」ということで表現されているのは、まさによく切れる刀を作る「高度な鍛冶技術」を手に入れている、ということなのです。それがカグツチを切った「刀」のイメージに集中して託されているのです。カグツチを切れない刀など、刀とは言えないからです。

そこからが、古事記の描写のすごいところとなります。切った刀の先に付いた血が「湯津石村《ゆついわむら》」に飛び散って、石拆神、根拆神、石筒之神が生まれたというのです。ここには刀―血―石村―石拆神、という連鎖が描かれています。そんな連鎖の描写をしなくても、石拆神、根拆神、石筒之神が生まれたということは、いくらでも書けるはずなのです。ここまでにイザナキ、イザナミの二柱の生んだ多くの神々は、だいたいぶっきらぼうに生まれています。神の名前だけを列挙して、それで神が生まれましたとしている件などたくさんあるからです。それに見習えば、石拆神、根拆神、石筒之神の神々もそんなふうに、ぶっきらぼうに、ただ生まれましたとしてもよかったはずです。それなのに、刀の先に付いた血が、まず湯津石村に飛び散って、そして石拆神、根拆神、石筒之神が生まれたというふうに描写されるのです。刀―血―石村―石拆神がしっかりと連動させられているのです。なぜそんなことを古事記の書き手はここでしているのかということです。

「湯津石村」とは何か

ここで気になるのは「湯津石村《ゆついわむら》」というものの存在です。岩波文庫版古事記では「多くの岩石の群れ」と注釈され、小学館版古事記では、「『湯津』は神聖なの意、『石村』は石の群れ」と注釈されています。言葉の意味は、だから、「神聖な岩の群れ」に血がほとばしって、ということになるでしょう。多くの研究者は、「岩を砕くような力」がその「血」にあるということを示すために、「湯津石村」という「石の群れ」を出してきているのだと解釈してきていました。もしも石や岩を砕く力を描きたいだけなら、「石村」だけでよかったはずです。なにも「湯津石村」というような「神聖な石の群れ」などと表現することもなかったはずです。ここはどう考えるといいのでしょうか。古事記の書き手には、特別な狙いがあってこういう書き方をしているのではないでしょうか。

　考えられることは、この「湯津石村」というのは、おそらく古代信仰の「磐座《いわくら》」のようなものを想像しているのではないかということです。古代信仰の大事な場所には、かならず巨石が群れている「磐座」が中心にあります。カグツチの「かぐ」のつく奈良県橿原市の「天香具山《あまのかぐやま》」の天岩戸神社の御神体も「磐座」ですが、写真で見たら（インターネットでも見られますが）、大きな石を刀で半分に切ったようにパカッと割れているのがわかります。これならいかにも刀で切ったと言っても通用するような気がします。つまり「磐座」としての「湯津石村」の存在は、古代信仰の延長上にあって、古事記の製作者にとってもとても大事なものだったということです。問題は、なぜ「血」がそんな「石村」に飛び散ったと表現しなくてはならなかったのかということです。そもそも、ここにきて改めてここでの「血」とは何かも問われなくてはなりません。というのも、カグツチが「鉄の子」だったとしたら、「血」のようなものが出るわけがないからです。ということは、あえて「血」という言葉やイメージを使って、古事記の書き手は何かを象徴的に伝えようとしていたということになります。それは何だったのか、ということです。

「血」とは何か

　考えられることは二つあります。一つは、「湯津石村」という古代から続く神聖な磐座に「血」が飛び散るというのは、古代の「磐座」の信仰と、刀を持つということの間に、「つながり」があるというイメージを読み手に与えるためという理由です。もう一つは、この「石村」を「鉄を含む岩の群れ」と考えることです。もしイザナキが鍛冶師だとしたら、何よりも手に入れなければならないのは、鉄の材料としての鉄鉱石や砂鉄です。これらは砕いて細かくして、それを「溶炉」に入れて使うことになります。こういうふうに、「砕かれた鉄鉱石」を「湯津石村」として特別視することはあり得たと思います。だからそういうふうに岩を砕くところに石拆神、根拆神、石筒之神の神々が生まれたとするのは理にかなっていることになるわけです。そうした、岩を細かく砕く力を持ったものも「刀」に象徴させていると考えると、この「刀」は、高度な鍛冶技術の象徴であると共に、その鍛冶技術を使う者の力そのものの象徴になっている、というふうに考えることができます。

しかし、いくら優れた鍛冶技術をもっていても、その技術や力が、正当なる系譜の中に位置づけられないと、それは異端の技術、異端の力とみなされることになります。それも問題です。むしろそれが次の黄泉の国のテーマになってくるくらいに大事な問題だとも言えるのです。どういうことかというと、「湯津石村」をただの「鉄鉱石の群れ」としてしまうと、そういう岩場は全国にたくさんあるわけで、そうするとそこに飛び散った血は、たくさんの石拆神、根拆神、石筒之神を生むことになります。しかしそういうストーリー展開になると、古事記の書き手は困る。全国のあちこちで、石拆神、根拆神、石筒之神が生まれて、鍛冶の材料の鉄材を作ることになるのは困るのです。ですので、ここでの「石村」は、実質的には「鉄鉱石を含む岩の群れ」でありながら、イメージとしてはどこにでもある「石村」ではなく、「神聖な磐座」つまり「湯津石村」のイメージにわざと限定させるように工夫しているのです。

なぜそういう工夫をしているのかというと、古事記の書き手には、「国作り」を担う統率者の正統性、つまり「血筋」や「系譜」を重んじるがために、ここで使用される刀や血が、古代信仰の正当な系譜の延長にあるように工夫される必要があったのです。だから、刀の砕く岩村が、ただの鉄鉱石ではなく、「古代の磐座」としての「湯津石村」でなくてはならなかったのです。

こうした演出をすることによって、つまり、その辺の岩を砕くような刀をもっているのではなく、「聖なる磐座」の岩を砕くことのできる刀を持っている、というイメージが作られることになります。そしてそのことによって、次のことが大事になってきます。それは「血」の存在です。この時の、刀と聖なる磐座をむすびつけるのが「血」だったからです。だからここでの「血」という存在は、とても重要な役目を担っていることになります。それはただの「血」ではなく、まさに「血統」と呼ばれる、古代の聖なるものと今を繋ぐ「系譜としての血」のイメージにもなってゆくものなのです。

「建御雷神」の生まれ

なぜそういうことが言えるのかというと、イザナキの刀の要《かなめ》になる鍔《つば》に付いた血が、「湯津石村」に飛び散って、そこに「建御雷神《たけみかづちのかみ》」が生まれたとされているからです。この神は、このあととても重要な役割を果たすことになる神なのです。それは、大国主から国譲りの最後の使命を担って高天原からやってくる、最も強い神の名になっているからです。その神がここで生まれていることになっている、ということは、古事記の書き手はよく計算をして、ここに建御雷神を登場させていたということになります。つまり、この後の「国作り」の総仕上げのところで、決定的に強い武力を持った神として登場するものを、この段階で、まさに聖なる血筋の中の最も強い者として登場させるための演出をしていることになっているのです。

そして、そのあと、カグツチの切った体からは、さまざまな呼び名を持つ「山津見神《やまつみのかみ》」が生まれることになっています。この「山津見」と呼ばれる神々は、従来から鉱山の神とされてきたものでした。この神々は、そういう意味で言えば、まさに鉄の採れる鉱山を神名に仕立てたものということになります。そもそも、カグツチが存在したり、イザナキの刀がそこに存在しうるためには、鉄を含む鉱山が必要でした。そのことを古事記の書き手は忘れてはいないのです。

そうして話の締めくくりとして、カグツチを切った刀が、改めて、「天之尾羽張《あめのをはばり》」、またの名を、「伊都之尾羽張《いつのをはばり》」と呼ばれるところが描かれます。ただの刀ではなく、由緒ある特別な刀であったことにするためです。この神名を持つ神は、のちの高天原に川を塞き止める神として登場してきます。それはまた別の話になるので、ここではとりあげませんが、ただのすぐれた刀にしないために古事記の書き手はここでも工夫をしているのです。

技術としての「刀」と「血」の問題を再考する

こうして「カグツチ（鉄の子）の誕生」「刀」「血」「石村」「武力神の誕生」は、それぞれ異なった意味を持たされ、よく考えられ、組み合わされ、ここで物語化されていることがわかります。そのことを踏まえると、ここで今一度、どうしても再考しておきたいことがあります。それは、「切る」ということの再考です。すでに「切る」というふうにイメージされてきたことは、時代劇での侍が刀を抜いて相手をエィとばかり切り捨てたというようなイメージで見るわけにはゆかないことは述べてきたとおりです。「炉」からでてきた「カグツチ＝鉄の子」は、「切る」ことで、道具や武器になる、ということはすでに見てきました。でも実際の「切る」というのは、細かく分けるというような意味で、実質的に鉄の子を「切る」という表現にはふさわしくないように思われます。ですので、ここでは改めて、古事記の書き手が、「切る」というイメージにこめていた実質的な意味についてここで再考しておかなくてはなりません。つまり、まさに言葉通りに「切る」ことが、すんなりと実現するというのはどういうことかを「問う」ことです。

たとえば大根は切れるけれど、肉は切れないという包丁があったとしたら、それはその包丁の「刃」がよくないといわれます。包丁の問題ではなく、刃の問題であると。ということは、なんでもスンナリと切れる刀、つまりよく切れる刀、というのは、実はその刀の刃が鋭くできているということになります。この「鋭く」というのが、きっと「問題」なのだと思います。「鋭く」というのはどういう「問題」なのか。それは刀とは別に、「刃」を「鋭く」作り上げる「技術」の問題を指しているのだと思います。

今までの話の中では、イザナミが「炉の神」として、「高温の火の技術」を体現する存在として描かれているのを見てきました。しかし「高温の火を作る技術」は、確かに鉄を溶かすことはできても、溶けた鉄を自動的に「優れた刀」に仕上げてくれるわけではありませんでした。「優れた刀」を作るには、別な技術が必要だったからです。この「技術」については、これまでは言及してきませんでした。でもこの「技術」の問題は、度外視できないのです。というのも、私たちは簡単に「刀」とか「切る」とか言っていますが、本当に「切れる刀」を作るというのは、そうとうな「技術」がいるということについては、ほとんど気にしてきませんでした。武士の時代ではあるまいし、刀について関心を持つ機会など私たち現代人にはあるわけがないからです。ですから、物語を「あらすじ」にそって読んでいるだけでは、そういう「技術」の大事さについて気がつくことはほとんどないのです。そのことは、このカグツチの物語を読むときにも出てきます。ここには実は「技術」の問題も語られていたのに、それに気がつかずに読み飛ばしてきていたのです。

イザナキがカグツチの「首を切った」というのは、ただ「切った」というだけではなく、読み手に「よく切れる刀」をイザナキが持っていることを印象づけるために、わざわざそういう凄惨な描写にしていたわけです。ではその時の「よく切れる刀」をどうしてイナザキが持つことが出来ていたのか、ということになります。実際には、「炉」でできた鉄を取りだして、何度もそれを打ち付けて、鉄の中の気体をたたき出して、そうすることで「硬い刀」をつくりだします。そういう「硬い鉄」は「鋼《はがね》」とよばれてきました。後の時代に作られる「日本刀」は、「柔らかい鉄」に「鋼の刃」を打ち付けて、とんでもなくよく切れる刀に仕上げたものでした。古代ではそこまではゆかなくても、よく叩いて、「よく切れる刀」を作っていました。それが「鍛冶の技術」なのです。その「鍛冶の技術」が「イザナキがもつ技術」としてイメージされるように、つまり「よく切れる刀をもつイザナキ」として工夫されて物語られているのです。

もちろん、鍛冶師がすぐれた刀を作ろうとしても、もとの鉄の材料が粗悪なものでは、鍛冶師はいい刀を作ることはできません。すでに見てきたように、鉄を作る「炉」の作業の段階で、いい素材の鉄を作らなくてはなりませんでした。そのときの技術は「イザナミのもつ技術」として描かれていました。こうしてみると、この「イザナミのもつ技術」を踏まえて、つぎの「イザナキがもつ技術」が成立してゆくのだということが、わかります。

こうしてみると、「カグツチの神話」と一言で呼ばれてきたものが、実は複雑な思考をへて作られていることがわかると思います。つまり、「カグツチ（鉄の子）の誕生」「刀」「血」「石村」「武力神の生まれ」という物語の流れが、のべて「高度な技術」なしにはつながらないものとして物語られているところです。

ここまで来ると、「カグツチの神話」と呼ばれているものが、これで終わりのように思われるかもしれません。たしかに、カグツチの物語は、見かけの上ではこれで終わっているのですが、実際には、この物語があって、次の重要な黄泉の国の話がはじまることになるわけですから、カグツチの話と、黄泉の国の話は、本当は一続きのものとして、よく考えられた物語としてあることを理解すべきだと私は思っています。しかし、カグツチの話と「黄泉の国」の話は、従来からは、別な話として考察されてきました。三浦佑之さんも、「黄泉の国」の話を、カグツチの話をしないで、カグツチとは関係なく、取り上げておられます。といっても、もともと三浦佑之さんの古事記論にはカグツチの話は、重要な話としては登場しないのですから当然かもしれませんが、それでもここでは、三浦佑之さんの説明とからませながら、このあと「黄泉の国」の話へ進みたいと思います。

その話に行く前に、イザナミが神避る場としての出雲が選ばれていることを指摘しておきます。古事記は「イザナミは出雲国と伯伎国の境の比婆の山に葬りき」と書かれていましたから。なぜ「出雲」だったのかが、このあととても重要な意味をもってくることになるからです。

黄泉国とは何か

カグツチの神話の後、重要な展開が待っています。それは「神避る」イザナミを比婆の山に葬ったという展開です。「神避《かむさ》れる伊耶那美神は、出雲国と伯伎国《ははきのくに》との堺の比婆之山《ひばのやま》に葬りき。」（小学館版）とあるからです。この「葬りき」という表現から、まるで「人間」が死んだようなイメージで受け止める人が出てくることになるのですが、そんなことではないのだということはすでに見てきたとおりです。そういう読みは、「死んだイザナミ」の行ったところが「黄泉の国」であり、そこは「死者の国」、という前提の話です。当然三浦佑之さんもそう考えています。さらに多くの研究者は、その「黄泉の国」がどこにあったのかということの詮索もしてきました、地面の下にあるのか、山の中にあるのか、それとも古墳の石室のようなところなのか、などといった詮索です。

しかし、そんな詮索は、物語の理解からしてあまり意味のなさない詮索です。大事なことは、「神避る」をしたイザナミが、再びここで「活動」を開始したという物語の展開のほうにあるからです。カグツチの神話の大事なところは、このイザナミの復活の話にまでつながっているところです。少しその場面を見ておきます。イザナキは、居なくなったイザナミに会うために「黄泉の国」へ行きました。

是《ここ》に、其《そ》の妹伊耶那美命《いもいざなみのみこと》を相見《あひみ》むと欲《おも》ひて、黄泉国《よもつくに》に追《お》ひ往《ゆ》きき。爾《しか》くして、殿《との》より戸を縢《と》ぢて出《い》で向《むか》へし時《とき》に、伊耶那岐命《いざなきのみこと》の語《かた》りて詔《のりたま》ひしく、「愛《うつく》しき我《あ》がなに妹《も》の命《みこと》、吾《あれ》と汝《なむち》と作《つく》れる国《くに》、未《いま》だ作《つく》り竟《をは》らず。故《かれ》、還《かへ》るべし」とのりたまひき。爾《しか》くして、伊耶那美命の答《こた》へて白《まを》さく、「悔《くや》しきかも、速《はや》く来《こ》ねば、吾《あれ》は黄泉戸喫《よもつへぐひ》を為《し》つ。然《しか》れども、愛《うるは》しき我《あ》がなせの命《みこと》の入《い》り来坐《きま》せる事《こと》、恐《かしこ》きが故《ゆゑ》に、還《かへ》らむと欲《おも》ふ。且《しまら》く黄泉神《よもつかみ》と相論《あひあげつら》はむ。我《あれ》を視《み》ること莫《なか》れ」と、如此白《かくまを》して、其《そ》の殿《との》の内《うち》に還《かへ》り入《い》る間《あひだ》、甚久《いとひさ》しくして、待《ま》つこと難《かた》し。

細かな説明は省きますが、イザナミは、暗く気持ちの悪い死者の国に居るというような描写がここでなされているわけではありません。そうではなくて、「黄泉国」の中の「殿」

の中にいて、「戸」を閉めて、その中にイザナミがいたと描かれています。この描写はとても大事なところです。要点だけを説明すれば、この「殿」とは鍛冶場に立てられる特別な建物のことです。「炉の火」で燃えないように天井を高くした建物で、のちには「高殿」とも呼ばれています。そこには誰でもが入れるわけではなく「戸」が閉められています。「戸」とは何かという問いも大事です。「ほと」にも「と」がついていたからです。ここでは鍛冶場に簡単に入れないことの象徴として「戸」があるのだとして考えておきます。その「戸」の向こうにイザナミがいて、会いに来たイザナキが声を掛けます。「途中になっている国作りを再び一緒にやってくれないか」と。ところがここでイザナミは妙なことを言います。「黄泉戸喫《よもつへぐひ》をしてしまった」ので「黄泉神《よもつかみ》と相談してきます。その間待っていてください」というのです。

「黄泉戸喫」と「雷」と「うじ」について

この場面ついては、多くの研究者は、死者の食べ物を食べるとこの世に戻れなくなることを描写しているのだと説明してきました。「黄泉戸喫《よもつへぐひ》」とは「黄泉の国のカマドで煮炊きした食べ物を食べること」と岩波文庫版古事記でも注釈されています。しかし、すでに見てきているように、イザナミは「炉の神」なのですから、その神が食べる食べ物は、鉄材だということです。そして何よりも大事なことは、イザナミがこの時点で、「黄泉戸喫《よもつへぐひ》」するための「炉」を回復させていたということです。「炉」がなければ「黄泉戸喫《よもつへぐひ》」もできないわけですから。つまり、どういうことかというと、以前にカグツチを生んで、嘔吐、屎、尿をしていたわけですが、そこに生まれた泥と粘土と水の神を使って、再び元の姿、つまり「炉」の姿を作り直していたということなのです。そしてそこに鉄材を入れてすでに鉄を溶かし始めていたというのです。

なぜそのようなことが言えるのかというと、待ちくたびれたイザナキが「禁止」を無視して、イザナミの居るところへ行ってみたら、イザナミの体には「うじ」と「雷神」が群がっていたと描かれていたからです。ここでイザナミの体にたくさんの「雷神」がとりついていたという描写はとても大事です。「雷神」とは稲光を放つ武力の象徴ですが、その武力はまさに鉄から生まれるもので、その鉄が溶けた状態というのは、まさに稲光のような光と、高温でパチパチと燃える雷の姿そのものであったはずです。ですから、イザナキが「黄泉戸喫《よもつへぐひ》」したイザナミに「雷」を見たというのは大袈裟に描写しているのではなく、まさに見たとおりの光景であったはずです。そしてその光景を同時に「うじがたかってい る」と古事記の書き手は描写しています。なかなか手の込んだ、よく考えられた描写です。この描写は一般にはわかりやすい描写として解釈されてきました。つまり、イザナミは死んで腐った体になっていたので、「うじ」がたかっていたのだというわけです。でもそれは違います。そもそも、イザナミはイザナキと「戸」をはさんで話をしているわけですから、腐ってウジがわいている、ですまされないものがあったはずだからです。ここの描写は、だから古事記の書き手のよく考えて作っているところだと理解しなくてはいけないのです。

ではどういう描写なのか。ここでの「うじ」とは、実は「氏姓《うじかばね》」の「氏《うじ》」のことなのです。ここでの「氏」は、地方の豪族たちのことを象徴的にイメージしているものであって、そういう「氏」たちが、このイザナミの作る鉄を求めて群がっているということの描写になっているのです。

こうしてみると、この「黄泉の国」の物語というのは、人間が死んだ後に行くであろうような死後の世界の描写といったようなものではなく、イザナキとは自立して、独自に鉄を作り、武器を作り始めるイザナミの姿を描いたものになっているというふうに理解されなくてはならないのです。はじめは、イザナキ、イザナミの二神で「国作り」をしてきているのに、イザナミはここにきて、イザナキとは無関係に鉄を生み始めたというのです。ですから、イザナキはそれを許すわけにはゆきません。イザナキ（つまりは高天原）のコントロールのきかないところで武器が量産されることになるからです。それはなんとしても阻止しなければなりません。そのために、イザナキは、ここを逃げ出した後、この「黄泉国」を封印しようとすることになるのです。こうした「黄泉の国」についての三浦佑之さんの解釈は、次のようになされています。

人の誕生についてだけではありません。古事記は死についても語っています。本来神様は永遠の命のはずなのですが、イザナキの藤卿の黄泉の国往還の場面では、生々しいほどに人は死んだらどうなるかを描いています。

女神イザナミはイザナキと協力して多くの土地と神を生みましたが、その最後に火の神カグツチを生んだために、体を焼かれて命を失いました。イザナキは深く悲しみ、イザナミの後を追って黄泉の国へ行き、腐乱した骸《むくろ》を見てしまいます。イザナキは震えあがって逃げ出し、醜い姿を見られたイザナミは「恥をかかせた」と怒って追っ手を遣わします。逃げに逃げたイザナキは、地上への通路である黄泉つ平坂で、あわやのところで大きな岩を境として封じることによって難を逃れるのです。

この物語から、わたしたちは大事なことを学びます。人は死ぬと黄泉の国というところへ行くこと、どんな美女でも死ねば腐って穢《けが》れたものになること、いったん死んだら生者の世界に戻ることはできないこと、生きている者は死者とかかわりをもってはならぬこと。また、この世は神々が住まう「天（高天の原）」と、人々が生きる「地上（葦原の中つ国）」と、死者たちの居所である「地下（黄泉の国）」の三層構造からなっていることも、この神話は教えています。

こういう「説明」は、従来からくり返しなされてきた典型的な説明です。むしろ、従来からの解釈をますます補強するかのような、念押しの書き方になっています。特にイザナミを「どんな美女でも死ねば腐って穢《けが》れたものになる」などと「説明」するところは、さらに古い時代の解釈のように思えます。

「黄泉国」の封印——三浦佑之さんの「説明」の批判

「封印」は、大きな岩で「黄泉国」の出入り口を塞いでしまうことですが、イザナキ、イザナミの二神は、この大岩をはさんでまた会話します。その場面も従来からよく取り上げられ、解説されてきました。三浦佑之さんも、とくに力を入れて「説明」されています。なぜ力を入れてこの場面を説明されるかというと、ここにこそ「人間」のことが語られていると三浦さんは考えてこられたからです。

古事記の描写では、封印した大岩をはさんで、イザナミがイザナキに向かって、「あなたの国の人草を一日に千人絞《くび》り殺してやる」というと、「それではわたしは千五百の産屋を建てることにしよう」といった、となっています。三浦佑之さんは、ここの描写に神々の話ではなく「人間」の話が語られていると解釈されるのです。ここまでは、神々の話なのに、ここにきて急に人間の話が出てくるのはおかしいと思わないといけないのですが、でも三浦さんはそう考えておられるのです。もちろん多くの研究者も、ここには、イザナミが、千人の人間を殺すと言ったので、イザナキは、じゃあ私は千五百人の子どもを作りますと答えたという話を読み取ってきているのです。なぜそんな読み取りができるのかというと、イザナミの語りの中に、「人草」という言葉が出てくるからです。三浦佑之さんはこの「人草」や「青人草」について、これは「人」のことをいっているのだと、いろんなところで書いてこられました。この時の二神の会話について、三浦さんは、こう書かれています。

命拾いしたイザナキは、その桃に向かって「もしまたこの世の青人草が困っている時があったら助けてやってくれ」と頼むのです。「青人草」という言い方に注目してください。おもしろい言い方です。これはしばしば「青々とした草のような人」と解釈されるのですが、そうであれば「青草人」となるはずです。わざわざ「青人草」と言っているのですから、人と草とは同格で、「青々とした人である草」と考えなければなりません。繰り返しになりますが、人は草なのです。人はおのずと萌えいずる草のような存在であり、植物の仲間なのです。

大きな岩によって生者の国と死者の国とに隔てられたイザナキとイザナミは、岩ごしにこんな会話をします。まずイザナミが恨みを言います。

「いとしいわたくしのあなた様よ、これほどにひどい仕打ちをなさるなら、わたくしは、あなたの国の人草を、ひと日に千頭絞《ちがしらくび》り殺してしまいますよ」

恥をかかされたお返しに、これから毎日生きている人間を千人ずつ殺してやるという呪詛《じゅそ》です。「あなたの国の人草」とあるように、地上の人、いのちある者はここでも「草」と呼ばれています。

「青人」とは「鉄人」のこと

この箇所は三浦佑之さんがどうしても主張したい箇所なのです。しかし「青人草」というのは、本当にそういう「説明」でいいのでしょうかというのが私の疑問です。大事なことは、物語のある特定の場面だけでこの「青人草」ということが使われているということです。その場面とは、黄泉の国からイザナミが「軍隊」を使ってまでしてイザナキを追いかけてきている中で（訓読では「雷の神に千五百の黄泉軍を副えて追はしめき」となっています）使われている言葉なのです。ですから「黄泉軍」という軍隊を背景に「会話」されているという状況を無視するわけにはゆきません。もちろん、古事記の多義性を主張するわけですから、三浦佑之さんのような「説明」も可能です。それを否定するわけではありません。でも研究者によっては「青」については違った説明もされてきています。

たとえば、松尾宗次さんは『いろいろな鉄（上）』（日鉄技術情報センター　一九九六）の中で、「鉄は何色」という問いかけを受けて、日本工業規格 JIS-Z8102「物体色の色名」で、「鉄色」は「ごく暗い青緑」と定義されていることを紹介されています。私たちの知っている「鉄の色」は、黒なのですが、「鉄の色」として「青緑」が上げられているのです。意外です。ということは、鉄は「青」ですということも可能だということなのです。

古代でも、そういう「青」として「鉄」が意識されていたとしたら、ここでの「青人」は、「鉄人」ということになります。「草」は材料や素材のことですから、「青人草」は読み方によっては「鉄人28号」のような、鉄で武装した武人というふうにも読み取ることができます。鉄の甲冑に身を包んだ武人と考えればよいでしょうか。古墳で発掘される全身を鎧で覆った武人をイメージしてもいいと思います。

そういうふうに考えると「人草」や「青人草」を、何が何でも「人間」のことを語っていると考えなくてもよくなります。むしろこれまでのカグツチからの鉄を作る物語の流れからすると、ここでの「青人草」は「鉄人」や「武人」と考える方がはるかに筋が通ると思われます。物語ではイザナミが「人草を、ひと日に千頭《ちがしらくび》絞り殺す」と書かれているので、これは人間の首を絞めて殺す描写なのだとされてきました。けれども、人間を千人殺すのに、首を絞めて殺すというのは、なにやら非現実的な殺し方のように思われます。ここでも「千頭絞」というのは、カグツチの首を切った物語と、イメージは連動させられているはずで、「くび＝首＝絞」という喩の連鎖を見ておいたほうがよいと私は思います。ということは、「人草を、ひと日に千頭《ちがしらくび》絞り殺す」というのは、普通の人の首を絞めて殺すというのではなく、武装する武人の首を一日に千人切りましょう、ということに読めるということです。もちろん勝手な思いつきで、そのように読めると言っているわけではありません。そのように読める理由があるからです。それは物語のそのあとのイザナキの答え方を見たらわかります。イザナキは、イザナミに対してこう答えていたからです

「それではわたしは千五百の産屋を建てることにしよう」

「産屋」とは鍛冶場のこと

詳しい説明は省きますが、ここでの「産屋」と呼ばれてい

るものは、すでにイザナミがカグツチを産んだ時のことを思い出してもらえばわかるように、ただの「産屋」のことを言っているわけではなく、まさに鉄を生む溶炉のある鍛冶場のことを言っているのです。そんなことをいうと、無理にそういうふうに物語りをねじ曲げて読んでいるのではないかと言われそうですが、そんなことはないのです。神話篇の後半に、コノハナノサクヤビメが火の中で出産するという有名な「火中出産」の話が出てきますが、これも実は鍛冶場の出来事を描写したものであって（実際に火の中で出産するなんて「鍛冶場」以外に考えることはできないのですから）、そのことと合わせて考えると、ここでのイザナキとイザナミのやりとりは、「人間の生死」の話ではなく、人を殺すような武器を「千」作るというイザナミに対して、それではこちらは産屋＝鍛冶場を「千五百」に増やして武器を作ることにするぞ、という話を描いているのです。

ここに高天原＝イザナキ系と、地方豪族＝イザナミ系の別れと対立が描かれることになっているのが読み取れます。大事な場面です。なぜこの場面が大事かというと、イザナミという「高温の火」を扱う神が、単独で独自に活動することがここで危険視されているからです。すでに、この時点で、カグツチを生む神の存在が、後の世にとって「禍」になることについて、古事記の書き手はよくわかっていて、だからイザナミを「封印」する物語をここで考えているのです。こうした「イザナミ封印」の話は、ギリシア神話のプロメテウスを拘束して罰を与える話に似てくるのですが、ギリシア神話よりもっとはっきりと、イザナミの危険性を古事記の書き手はよくわかった上で物語を作っているように私には思われます。

事実、このイザナミ＝高温の火の神＝炉の神は、このあと歴史の中で何度も時の支配者によって「封印」されることが起こってきます。中世の「刀狩り」の時代などはそうでした。しかし、人類は「原子力」という「最高のイザナミ」「最高の溶炉」を「封印」から解き放ってしまうことになるのです。そこまで読み取れるように、古事記は作られていると私は思います。

付録▼

ギリシア神話「プロメテウスの火」との比較

プロメテウス神話と呼ばれているものは、一つではありません。古代ギリシアでは、伝達者によって違ったプロメテウス像が物語られ記録されています。ここではヘシオドスの描くプロメテウス像を中心にみておくことにします（他に、アイスキュロスの描くプロメテウス、プラトンの描くプロメテウスが有名です）。

通常のプロメテウスの話というのは、火を持たずに暮らしていた人間の様子をかわいそうに思ったプロメテウスが、ゼウスの持っていた火を盗んで人間に与えてしまった。そのための罰として、プロメテウスは岩山に縛り付けられて、昼間は鷲に肝臓を突かれ食べられるという罰を受けることになります。もちろん肝臓は夜の間にまた元の通りになるのですが、昼になるとまた鷲に突かれるという責め苦を負わされる、というものです。でも通説と違って、ヘシオドスは違ったプロメテウス像を描いています。

ギリシア神話は「カオス」と呼ばれるものから始まるとされています。そして、このカオスは今日では「混沌」というふうに訳されることが多いのですが、もとは「大きく口を開く」とか「巨大な空隙」のようなものを表わしていたらしく、宇宙の子宮のようなイメージで見られていたものです。古事記で言う「中」という呼称をもった「天之御中主神《あめのみなかぬしのかみ》」と比較できるかもしれません。そのカオスから「ガイア（大地）」が生まれ、「ガイア」は「ウラノス（天空）」を生みます。ウラノスは後の核爆弾の原料になるウラニウムの語源になったものです。この後、ガイアとウラノスは交わってティタン族と呼ばれる十二神の巨人の神々と、異形の神、一つ目の巨人キュクロプスや百腕の巨人ヘカトンケイルたちを生みます。

なぜギリシア神話に巨人族のような神々が最初に生まれ

たようになっているのかというと、それは武力を持った人間の姿を、こうした巨大な力を持つ巨人になぞらえて創造しているからです。その武力の源は当然鉄を作る鍛冶力にあり、ティタン族は鍛冶と共にある神々と考える必要があります。一つ目の巨人キュクロプスなどははっきりと「鍛冶の神」とされているのですが、他の巨人族も「巨大な力」を持つ限りにおいてそれは「鍛冶の力」に似たものをもっているということになります。

そのティタン族（巨人族）十二神の中の「クロノス」が、自らを生んだウラノスの不公平な振る舞いに怒って彼を倒します。鋼鉄の大鎌で父ウラノスの性器を切って殺したとされています。そして自分が支配者になります。このティタン族（巨人族）の中に「イアペスト」という鍛冶の神がいるのですが、その神が、ここで「問題」にしているプロメテウスの父とされています。ここの理解が大事なところです。つまり、プロメテウスには「巨人族」の血、つまり「鍛冶の力」に係わる血が流れているということなのです。

ティタン族十二神の中の「クロノス」は、このあと「レア」という女神と交わって、次の世代の神々に当たる、ゼウスたちオリュムポス十二神族を生みます。この神々はティタン族（巨人族）ではありません。話は飛ばしますが、このオリュムポス十二神族の頂点に立つゼウスが、今度はクロノスの横暴ぶりに怒ってティタン族を滅ぼすことになります。こうして神話の中ではティタン族（巨人族）はいなくなります。つまり「鍛冶という巨大な力」に頼る神々はいなくなることになります。しかしゼウスそのものが実は雷の神であり、実は巨人族の後に現われる新しい鍛冶の王だったのです。

このゼウスの支配力は絶大なものなのですが、あるときに、プロメテウスがこのゼウスに「知恵の戦い」を挑むことになります。それが有名な「プロメテウス神話」と呼ばれてきたものでした。通説では、地上で困っている人間のために、ゼウスをダマして火を盗んで人間に与えたというものです。しかし、ゼウスはプロメテウスの策略を見抜いた上で人間に火を与えさせたとヘシオドスは伝えています。そして、その欺そうとした報いに、火を与えると同時に禍の種をも人間に与えることにした。それがパンドラという絶世の美女と禍の詰まったパンドラの箱でした。その結果、人間は火を使うことができたと同時に、禍に見舞われることにもなってしまった。

こういう神話をギリシア人が考えたのは、「火」が人間に幸せをもたらしたと同時に禍をももたらしたということを伝えたいからだということです。問題は、なぜそのようなことをギリシア人は考えたのかということです。

ここで大事なことは、プロメテウスが人間に与えたのは本当にただの火だったのかということです。ここが多くの人たちの見過ごしてきたところです。つまり、灯りや料理に使うような火をプロメテウスが人間に与えて、そのことにゼウスが怒ったのかという疑問です。

というのも、実はヘシオドスは、時代の始まりは、神と人間は共に暮らしていたとしています。そこでは人間は火を使っていたというのです。ところが神々と人間はうまくゆかなくなり、その結果、人間は惨めな暮らしをさせられることになります。それを見かねたプロメテウスが、ゼウスの目を盗んで再び火を人間に与えたのですが、人間はその火を使って神々を滅ぼすようになっていった、というのです。

こうなるとプロメテウスは、良いことをしたのか悪いことをしたのか、簡単にはわからないようになっています。もしも、プロメテウスの火が、神々を滅ぼす火として使われたのだとしたら、当然神々にとっては災難の火になるでしょう。しかし、そんな力が、灯りや煮炊きをする火にあるとは思われません。そんな火を人間に与えたくらいで、ゼウスが怒るとは思えないからです。ゼウスはもっと違うところで、プロメテウスのしたことに怒っていたはずなのです。それは、プロメテウスの与えた「火」が、実は鉄を溶かす「高温の火」ではなかったかという疑問なのです。

プロメテウスの渡した火は、見かけは「植物の茎」の中に隠せるようなささやかな火のように見えているものですが、しかし火と同時にプロメテウスは、その火を強力な火にすることのできる「鍛冶の技術」を人間に教えたのではないかということです。なぜそんなことが言えるのかというと、このプロメテウスがティタン族（巨人族）イアペストの子どもという設定になっていたからです。プロメテウスはティタン族の異様な力を持っていたのです。その力の秘密を人間に教えたのではないかということなのです。

神々とは何か

こうした考察を踏まえると、ここで改めてギリシア神話で言われる「神」について、言及しておかなくてはならなくなります。今までの考察を前提にすれば、「神々」とは、まずは「素手の人間」にない力をもった者のイメージとして考えることができます。「素手の人間」のもたない「力」というのは、端的に言うと「火の力」です。でも、繰り返していうことになりますが、この「力としての火」を持つ者というのを、「薪《たきぎ》の火」や「灯りの火」のようなものではなく、「金属を溶かす高温の火」を持つ者として理解されなくてはなりません。ギリシア神話における「はじめの人間」とは、こうした「高温の火」を持たないものを指していました。

それは「武器を持たない人間」のことですが、逆にいうと、「強力な武力の力」を持ったものの詩的な形象が「神々」だということになります。だからその時の「力」とは、「金属の力」ということになります。そのことを踏まえると、神々と人間が対比されることになれば、神々は「金属の力をもつもの」で、人間は「金属の力をもたないもの」というふうに区別づけることができます。古代の人はそう考えていたと思います。

しかし、その区別が崩れる時が来ます。人間が「金属の力」を手に入れてしまったときです。こうした神々と人間の区別をヘシオドスはよく自覚していました。なぜなら彼は、『仕事と日々』（『ヘシオドス全作品』京都大学学術出版会）の中で、神々が時代を次の五つに分けたこと（「五時代の説話」）を語っていたからです。

黄金の種族の時代
銀の種族の時代
青銅の種族の時代
英雄の種族の時代
鉄の種族の時代

そして、ヘシオドスの時代には、すでに先の四つの時代は終わり、今は「鉄の種族の時代」になっていると語っていました。最後を「鉄」の時代と考えたのは、何度考えても鋭い発想だと驚嘆しないわけにはゆきません。この区分、とてもよくわかります。神々の時代は金属を使い始めた時代だからです。「金」や「銀」は、宝物としての金属ですが、こういう柔らかい金属は「宝物」にはなりえても、「武器」としては使えません。そして「青銅」の時代がやってきます。青銅の硬さがあればそれは武器になるでしょう。そしてそれを使った英雄の時代がやってきます。しかし青銅の硬さも、鉄の硬さにはとうてい及びません。そして英雄の時代は終わり、鉄を支配するものの時代がやってきたというわけです。わたしたち現代人にはよくわかる区分です。私たちの時代は、まさに「鉄の時代」の真っ最中にあるからです。

三

「文化と農耕の起源」の検証

第2回目の小見出し

イザナキ、イザナミの物語を受けて次に有名な「出雲神話」と呼ばれる物語が展開されます。その「出雲神話」を理解するためには、これまでの物語の展開をどう見るのかのおさらいをしておく必要があります。

第2回「文化と農耕の起源」の小見出しは次のようになっています。これを見ると、三浦佑之さんが、五穀や農耕起源に強い関心を示しているのがわかります。

■暴れ神スサノヲ
■アマテラスとスサノヲのウケヒ対決
■スサノヲの追放と五穀の誕生
■ヤマタノヲロチと農耕起源

■浮かび上がる数々の対比

私の理解する古事記では、高天原から使わされたイザナキとイザナミは、共に、共同して「国作り」を始めていたのですが、途中から、別れる羽目になってしまいました。そのきっかけは、イザナミがカグツチを生んで、「神避る」ことをしたからでした。この「カグツチを生む」ということが、二柱の神のその後を分けてしまったのです。その別れ方も大変厳しいものでした。イザナミを表に出さないように「封印」するような別れ方でした。それは見てきたように、地方(「黄泉の国」のことですが)で「鉄作り」の勝手な増殖を許さない高天原の強い意志が働いていたからです。

このあとイザナミを「封印」したイザナキは何をしなければならないのかというと、黄泉の国でイザナミに呼びかけていたように、「国作りは途中なので」、さらにそれを完成させなければならないということでした。それは、新しく「国作り」をしてくれるものを生む作業をすることです。しかし、ここで忘れてはならないことがあります。それは「国作り」とは「武力作り」であるという視点です。ですので、イザナキ、イザナミの物語を受けて、次の話を予想することは可能なわけです。つまり、生み出される神もまた「武力を生む神」の物語にならないとおかしいということです。そうでないと「国作り」が進まないからです。

スサノオの大哭き――アマテラス、スサノオは、はじめから対立させられていた

そういう「予想」を立てた上で、次の物語の展開を見てゆくことにします。すると、有名なアマテラス、スサノオ、ツクヨミの三柱の神が、イザナキの顔を洗うところから生まれたという話に出会います。そしてアマテラスには「高天原」を、スサノオには「海原」を治めるようにという話が語られます。しかしこの時点ですでに注意すべきところが見られます。それはアマテラスに高天原を任せたというところです。ということは、すでにこの時点で、「国作り」のために三柱の神を生んだにしては、高天原側の神と、そうでない神とを分けていることがわかるからです。ここはとても大事なところです。

というのも、このあとでスサノオは、命じられた海原を治めないで、「妣《はは》の国＝根の堅州国」に行きたいと「大哭き」してイザナキの怒りを買います。異説はあるでしょうが、ここでの「妣の国」とはイザナミの居る国のこととしておきます。物語上のこの展開は、偶然にそのように作られているかのように見えますが、そうではありません。スサノオが「妣の国」に行きたいというのは、アマテラスがすでに高天原の継承者である以上は、スサノオは高天原とは別の国に属するしかないわけです。そうすると、「国作り」のために生まれてきた武力の神・スサノオの頼るところは、同じような武力を有するイザナミの国ということになってくるのです。そして見てきたように、イザナミの国・黄泉の国は死者の国のようなものではなく、独自に武器を生み出す地方の国の象徴のようにして存在していたので、当然イザナキはそれはならぬと怒ることになります。

ここに至って、繰り返し言うことになるのですが、アマテラスとスサノオは、「国作り」のために生まれてきた神で、そのために共に「武力を持つ神」としてそこにいるのですが、すでに生まれたときから、その武力の容認される範囲は、厳しく分けられていたということです。そのことを忘れてはな

らないということです。その証拠はスサノオの場合は現代語訳では次のように描写されているところからわかります。

その泣くさまは、青々とした山を枯れ山のように泣き枯らし、河や海はすっかり泣き乾《ほ》してしまった。そのため悪しき神の声は、五月ごろわき騒ぐ蠅のように満ち、あらゆるわざわいがすべて起った。それで、伊耶那岐大御神《いざなきのおおみかみ》が、速須佐之男命《はやすさのをのみこと》に、「どうしてお前は、委任された国を治めずに泣きわめいているのか」と仰せられた。これに対し、須佐之男命は答えて、「私は、亡き母の国の根之堅州国《ねのかたすくに》に参りたいと思って泣いているのです」と申し上げた。そこで、伊耶那岐大御神は大いに怒って、「それならば、お前はこの国に住んではならない」と仰せられて、ただちに神やらいに追い払われた。

（『小学館版　古事記』）

スサノオが「大哭《な》き」することには、多くの研究者が注目してきました。性格が子どもっぽいのだという、とんでもない解釈から、気が荒く乱暴者なのだという解釈まで、さまざまありました。でも、ここでスサノオのなき方は「泣く」ではなく「哭く」と一貫して書かれています。この漢字の表記の意味を考えることは大事です。「哭く」と表記される漢字には、金属の音の「鳴る」意味が込められていたからです。そしてこの「哭く」ことによって天地が荒れ果てたというのですから、まさに「雷」のような金属の音を立ててスサノオはここでは「哭いた」というわけです。ここに金属を打ち鳴らし、武装しているスサノオを見ないわけにはゆきません。

古事記はその場面で、他の神々もそれと連動して「蠅の声」がうなるようになき、それは「悪い神々の声」として充満したと書いています。たかが「蠅の声」くらいで、何を驚くことがあるだろうと思われるかもしれませんが、それはそういうことではないのです。この「蠅」は、黄泉の国の「うじ」と対応させられているからです。

「蠅」は「うじ」の成長したものであるとすれば、スサノオが「大哭き＝金属音を鳴らす」ことで、葦原中国に「氏＝金属をもつ豪族たち」が広がっていったということになるからです。これは高天原にとっては、見捨てておけない事態でした。

そんなおりに、イザナキはスサノオに、「この国に住むべからず」といったものですから、どこかへ行かなくてはなりません。そしてその前に、アマテラスに会いに行こうということになります。

武装して待つアマテラスの姿

　さて、速須佐之男命《はやすさのおのみこと》は、「それならば、天照大御神《あまてらすおおみかみ》に申してから根之堅州国へ参ろう」と言って、ただちに天に参上した時、山や川はみなどよめき、国土はすべて震《ふる》えた。
　そうして、天照大御神はこれを聞いて驚き、「わが弟の命《みこと》が上《のぼ》って来るのは、きっと善い心ではあるまい。わが国を奪おうと思ってのことに違いない」と仰せられ、すぐに御髪を解き、御みずらに結い直して、左右の御みずらに、また御かずらに、また左右の御手に、それぞれ八尺《やさか》の勾玉《まがたま》を数多く長い緒で貫き通した玉飾りを巻きつけ、鎧《よろい》の背には千本入りの矢入れを背負い、鎧の胸には五百本入りの矢入れをつけ、また威力のある竹製の鞆《とも》を取りつけ、弓の内側を振り立てて、堅《かた》い土の庭に、腿《もも》が埋まるまで踏み込み、地面を沫雪《あわゆき》のように蹴散らかして、雄々しくむかえうつ。荒々しく足を踏みならして、須佐之男命を待ち受けて、「何のために上《のぼ》ってきたのか」と問うた。

（『小学館版　古事記』）

山や川がどよめくようにしてスサノオが高天原にやってきたという描写は、すごいものです。この描写は軽く読み飛ばさないで、文字通りに読むのがよいと思います。つまり、大規模な軍隊が、怒濤のごとく押し寄せてくるようなイメージです。そこで、アマテラスは、きっとスサノオが「わが国を奪おうと思って」やってくるのだと思ってしまいます。アマテラスが、そういうふうに考えること自体を、もっときちんと受け取る必要があると私は思います。というのも、そういう考えがアマテラスの脳裏に浮かぶこと自体、すでに状況は「武力」同士の衝突、「国」の奪い合いとしてあったことを示しているからです。まさに、スサノオの「武力」の存在がここで懸念されているわけです。そうなると、アマテラスも、それに対応して待ち構えなくてはなりません。それがその後の描写でした。そこには、鎧を着け、矢を持ち、戦国の武将のような成り立ちで、仁王立ちするアマテラスの姿が描写されています。こういうアマテラスの出で立ちの読み方も大事です。ここには、アマテラスとスサノオの対比が、高天原とそれ以外の国の対比として、そしてそれが武力と武力の対比として描かれていたからです。

ウケヒについて

結局のところ、「国を奪おう」としてやってきたわけではないことを証明するために、「ウケヒ」をするということになります。当時の現実の社会の中で行なわれていた「ウケヒ」には、さまざまな約束事があったと思われます。広辞苑では、「うけい【祈請・誓約】」は「神に祈って成否や吉凶を占うこと」と説明されているので、古事記の物語の中でもそれに近い何かが意識されていたのだろうと推定されますが、しかしここでは「物語」ですから、「ウケヒ」を真に受けるわけにはゆきません。わかることは、アマテラスとスサノオが、何かしら「占い」をし合ったということです。問題はどんな「占い」かということです。簡単に言うと、お互いの持ち物を、打ち砕き、口で噛んで吐き出して、神々を生むという妙な作業をする「占い」です。一見すると、想像のしにくい作業をしているように見えるかと思います。

まず先にアマテラスが、スサノオの持ち物を使って生んだ神が出現します。スサノオの持ち物とは「剣」のことです。アマテラスは、その剣を三つに折って、さらに口に含んで何度も噛んで、それを天の安河にある「天の真名井《まない》」に向けて吐き出すと、その霧の中に神々が生まれたというのです。その吐き出した霧の中に生まれたのが、「多紀理比売《たきりひめ》」「多岐都比売《たきつひめ》」などの神々です。同じようにスサノオもアマテラスの髪飾りをかみ砕き、「天の真名井」に降り注いで、「正勝《まさかつ》吾《あ》勝速《かつはや》日《ひ》天《あめ》之《の》忍穂耳神《おしほみみのみこと》」などの神々を生んだというのです。

二神が口に含んで吹き付けたこの「天の真名井」とは、一体何なのでしょうか。普通は「聖なる井戸」と現代語訳されてきています。それはそれでよいのですが、これまでの物語の展開の中で見れば、この「天の真名井」は単なる「井戸」のようには見えません。そこには剣や飾り物を細かく降り注ぎ、伊吹のように吹く行為があるからです。ここで、状況を整理すると、「天の真名井」には、剣などの細かくしたものを入れ、伊吹のような息を吹きかけるという作業をすると、そこに神々が生まれるという、そういう一連の出来事が語られているということです。そのことを総合的に考えてみると、その「天の真名井」は、どことなく鍛冶をする「炉」のようなイメージを持っていることがわかります。「炉」には、まさに鉄鉱石を噛みに噛んで砂鉄のように細かくして降り注ぎ、そこに伊吹のように風を送り、火力を強めることをするわけですから。もちろん、そんな解釈はこじつけだという人がいるかもしれませんが、しかし、この「ウケヒ」の場面で描かれる、「真名井」「剣を折る」「さらに嚙みに嚙んで細かくする」「伊吹のように風を吹きつける」という状況の連続性を一気に説明する仮説は、私のいう「炉」の神話的な表現として読むことが最も自然なのです。スサノオの行為も同じです。スサノオがアマテラスの持ち物（髪飾り）を使って生んだ神は、「正勝《まさかつ》吾《あ》勝《かつ》速《はや》日《ひ》天《あめ》之《の》忍穂耳神《おしほみみのみこと》」「天《あめ》之《の》菩《ほ》卑《ひ》能命《のみこと》」「天《あま》津《つ》日《ひ》子《こ》根命《ねのみこと》」など「ひ（日）」の名のつく神々です。

　問題はではなぜアマテラスとスサノオは、そんな「ウケヒ」をしなければならなかったのかということです。「ウケヒ」によって何を語ろうとしているのか。大事なところは、最後はアマテラス＝高天原が「勝つ」ように工夫されているというところです。しかし、スサノオが簡単に負けてしまうような展開では、何のために天地を揺るがすようにして、高天原にやってきたスサノオを描いたのかわからなくなります。ですから、この恐ろしげなスサノオの力を生かし、その力を取り込むようにして、ウケヒの結果をアマテラスに有利なように作り出せば、物語は大きな意味を持つことになります。そのことを踏まえると、ここでスサノオが「正勝吾勝速日天之忍穂耳神」という、のちにもっとも重要な役目を果たすことになる神を生んだことの意味が見えてきます。その重要な神は、実はアマテラスの持ち物を使って生まれたのだということをいうためです。つまりスサノオの「力」を受け継いでいるが、元の「種」はアマテラスから出てきているのだ、ということを示すためにそういう工夫をしているのです。

　ところで、三浦佑之さんは、ここまでの「ウケイ」の話には「なにか大きな意図があるように感じられます」と書かれているのですが、でもそれだけで終わって、その「大きな意図」には触れないで先に進まれています。たぶん、その「大きな意図」とは、スサノオの力＝武力を、高天原に都合よく手に入れつつ、スサノオそのものは、高天原では受け入れないという「意図」のことだと思われます。

　そういう「意図」を察知してのことなのか、あるいは、その「意図」をさらにはっきりと実現させるためにか、スサノオは高天原で「狼藉」を働くことになります。そしてそのことが、アマテラスを岩屋に隠れさせることになります。物語のこの展開は、古事記のよく考えて作っているところだと思われますので、私もその場面は丁寧に見てゆきたいと思います。

スサノオの乱暴の意味——高天原にある鍛冶場

このあとスサノオは、「自分は女神を得たので、自分の勝ちだ」といいます。実際は「男神」を「生んだ」のであるが、なぜか「女神を得たので、自分の勝ちだ」という。物語の屁理屈の整合性をうんぬんしても始まらないので先に進むことにしますが、大事なことは、ここでスサノオが「ウケヒに勝った」と主張して、高天原で「乱暴なこと」をする展開になるところです。いわゆる高天原での「狼藉」と呼ばれる出来事です。それは、次のように書かれていました。

そこで、速須佐之男命《はやすさのをのみこと》は天照大御神《あまてらすおおみかみ》に申して、「私の心は清明なので、私は女子を得た。この結果によって言えば、当然私の勝ちだ」と言い、勝ちに乗じて天照大御神のつくられる田の畔《あぜ》を壊し、その溝を埋め、また天照大御神が大嘗《おおにえ》をなさる御殿に糞をしてまき散らした。しかし、それにもかかわらず天照大御神はとがめだてせずに仰せになるには、「糞のようなものは、酔って吐き散らそうとして私の弟の命《みこと》がそうしたものでしょう。また、田の畔を壊し、溝を埋めたのは、土地がもったいないと思って私の弟の命がそうしたのでしょう」と仰せ直されたが、やはりその悪い行いは止まらず、ひどかった。天照大御神が、忌服屋《いみはたや》にいらっしゃって、神御衣《かむみそ》を織らせていた時に、その服屋の天井に穴をあけ、高天原《たかあまのはら》の斑《ふち》入りの馬を逆剝ぎに剝いで落とし入れたところ、天《あま》の服織女《あとりめ》がこれを見て驚き、稜《ひ》で女陰を突いて死んでしまった。

（『小学館版　古事記』）

ここでスサノオは、アマテラスの作った「田」の畦を壊し、「おおにえ」をする「殿」に「屎」をまき散らし、馬の皮を投げ込み、驚いた服織女が「ひ」で「ホト」を突いて死んだ、というのです。この状況が何を意味するのかについて、さまざまな「解釈」がなされてきました。しかし、特別な解釈を持ち出さなくても、この状況は、すでに今までの語りの中に出てきていたものばかりであることはわかると思います。つまり、「田の畦を壊わす」「屎をする」「殿がある」「ホトをつかれる」、というような状況です。

似たような状況は、これまでに二つありました。一つはカグツチが生まれる場面、一つは黄泉の国の場面です。そこには泥で畦を作ったような「田=炉」があり、それは壊されるようなものとしてありました。イザナミはカグツチを生んで

「屎《くそ》」をしていたのですが、「屎」という泥状のものは、壊してはまた作り直すためにとても大事なものでした。それが「殿」と呼ばれる建物の中にあることは黄泉の国でみたとおりです。

また高天原ではわざわざ「おおにえ」と呼ばれ、「大嘗《おおにえ》」と書かれるので、特別な儀式があったかのように見えますが、それは「田＝炉」のよく煮え立つ状態を「おおにえ」と呼んでいる可能性もあるのです。もちろん「嘗《にえ》」と「煮《にえ》」を、語呂合わせのように混同するなんてもっての他だと非難されるかもしれませんが、それでも「炉の神」の食べ物として「贄《にえ》」があることを考えると、「嘗《にえ》」「贄《にえ》」「煮《にえ》」が全くの語呂合わせでもないことはおわかりいただけるかと思います。

その「にえ」をする「殿」の天上に穴を開けてと物語では書かれていますが、鍛冶場の家は天上が高温で焼けないように高くし、さらに空気穴のように熱気が抜けるようにはじめから穴が開けられているのです。その穴から馬の皮を投げ込んだというのですが、おそらく古代の鍛冶場では火力を増すために炉に風を吹き込む装置が最も大事なもので、その風を送る「ふいご」のようなものは、鹿や馬の皮を使っていたといわれていますから、これまた大事なものをスサノオは鍛冶場に投げ込んでいた可能性もあるのです。

なぜそういうふうに読めるのかというと、この時点で、アマテラスはスサノオのするそうした「狼藉」めいた仕業に対して、特別に非難をしないでいたどころか、かばうような発言をしていたからです。これは一般には、アマテラスが優しい姉神だったからと説明されてきているのですが、本当に乱暴な狼藉をしていたのなら、許すことはできないはずなのです。でも、非難をしないということは、本当は非難されるようなことをしていたのではない、ということを考えておく必要があると思います。優しい姉神だから、非難しなかったのではなく、むしろ肯定しないといけないようなことをスサノオはしていたのではないかということなのです。それはいうまでもなく、高天原の鍛冶の仕事です。

高天原もすでにアマテラスの武装する姿の中に見てきたように、武力を有する場所でした。高天原でも鍛冶はしっかりとおこなわれなくてはならなかったのです。ですから、スサノオが高天原にやってきて、鍛冶に係わるようなことをするのは、アマテラスとしては、大目に見るというよりは、むしろ歓迎すべきことでもあったはずなのです。

でも、天《あめ》の服織女《とりめ》が、驚き、稜《ひ》で女陰を突いて死んでしまう事態になりました。この場面も、わざわざ「ひ」で「ほと」を突くと表現される以上は、「ひ」は、「稜《ひ》」でありつつも「火」のイメージを持たされていることがわかります。つまり「火」で「ほと」をつき、「死ぬ」ということが描かれているわけですが、それはイザナミ・カグツチの話でも見てきたように、鍛冶場の「炉」が壊される話なので、ここではスサノオが、自分勝手に高天原で鍛冶をし始めたというふうにも読めるところです。

　これに対してアマテラスは怒ったということなのです。それはイザナキがイザナミの単独の鍛冶場の創設に驚いたのと同じ構造が起こっていたのです。それもアマテラスのお膝元で勝手な鍛冶場作りがなされていたということへの驚きです。

天の岩屋に集まる鍛冶の神々

　このために、アマテラスは怒り、天の岩屋に隠るという次の話が作られてゆくことになってゆきます。

　こうした「狼藉」めいた場面を作ることで、古事記の書き手は何を伝えようとしているのかというと、言うまでもなく高天原にも鍛冶場があるというイメージを、鍛冶場のイメージを使わないで読み手に伝えることなのです。その意図がはっきり出てくるのが、天の岩屋の場面になっています。その場面は次のように描かれています。

　それで天照大御神は見て恐れ、天《あめ》の石屋《いわや》の戸を開き、なかにおこもりになられた。すると高天原はすっかり暗くなり、葦原中国《あしはらのなかつくに》も全く暗くなった。こうして夜がずっと続いた。そこで、大勢の神々の騒ぐ声は、五月ごろ湧き騒ぐ蝿のようにいっぱいになり、あらゆるわざわいがすべて起った。それですべての神々が天《あめ》の安《やす》の河原《かわら》に集り、高御産巣日神《たかみむすひのかみ》の子の思金神《おもいかねのかみ》に考えさせて、まず常世《とこよ》の長鳴鳥《ながなきどり》を集めて鳴かせ、天の安の河の川上にある堅い石《いわ》を取り、天の金山《かなやま》の鉄を取って、鍛冶《かじ》の天津麻羅《あまつまら》を捜し出し、伊斯許理度売命《いしこりどめのみこと》に命じて鏡を作らせ、玉祖命《たまのおやのみこと》に命じて八尺《やさか》の勾玉《まがたま》を数多く長い緒に貫き通した玉飾りを作らせ、天児屋命《あめのこやのみこと》と布刀《ふと》玉命《たまのみこと》をお呼びになって、天の香山《かぐやま》の雄鹿の肩の骨をそっくり抜き取ってきて、天の香山のカニワ桜を取ってその骨を焼いて占わせ、天の香山の茂った榊を根こそぎ掘り取ってきて、その上方の枝に八尺の勾玉を数多く長い緒に貫き通した玉飾りをつけ、中ほどの枝に八尺《やあた》の鏡をかけ、下方の枝には白い幣と青い幣をさげて、このさまざまな品は、布刀玉命が尊い御幣として捧げ持ち、天児屋命が尊い祝詞《のりと》を寿《ことほ》ぎ申し上げ、天手力男神《あめのたぢからおのかみ》が戸の脇に隠れ立ち、天宇受売命《あめのうずめのみこと》が天の香山の日陰蔓《ひかげかずら》を襷《たすき》にかけ、真折蔓《まさきかずら》を髪飾りにして、天の香山の笹の葉を採物に束ねて手に持ち、天《あめ》の石屋《いわや》の戸の前に桶《おけ》を伏せて踏み鳴らし、神がかりして胸の乳を露出させ、裳《も》の紐《ひも》を女陰までおし垂らした。すると、高天原《たかあまのはら》が鳴り響くほどに数多《あまた》の神々がどっと笑った。

（『小学館版　古事記』）

三浦佑之さんは、この場面に対して次のように書かれています。

この「天の岩屋」の神話でおもしろいのは、すべてが仕組まれた祝祭になっているという点です。オモヒカネが企画、演出、シナリオ、監督を務め、アマテラスを除く神々全員が出演して、アマテラスの裏をかく大芝居を打っているところです。いちばん偉い女神を出し抜いたのですから、これは物語としても、非常によくできていると思います。別の視点から言えば、この神話は太陽の力の復活を願う祝祭でもあるのでしょう。北半球では冬至の時にもっとも日光の力が弱まり、万物が衰えるので、古代にはそのパワーを取り戻すための祭りが行われました。それが、古代の宮廷儀礼では鎮魂祭《ちんこんさい》と呼ばれる祭りで、この神話は、旧暦十一月の中旬に行われる鎮魂祭を背景にもっていますと考えられます。鎮魂祭は冬至の頃に行われる祭りで、生命の復活あるいは活性化がはかられます。宮廷儀礼では、寅の日の鎮魂祭に続いて、次の卯の日に新嘗祭《しんじょうさい》という収穫感謝の祭りが行われます。

つまり、この場面は「祝祭」のようなもので、それは、冬に太陽の力が衰えてくるので、その太陽のパワーを取り戻すお祭りをしているのだという理解です。その祭りは古代の「鎮魂祭《ちんこんさい》」のようなものだといわれます。神話は多義的に読める物語ですから、それはそれでいいのですが、でも、その解釈では、なぜここに特別な神名を持つ神々が集められているのか、うまく「説明」をすることができません。というのも「鎮魂祭」という「祝祭」をしたいだけなら、そこに神々が集まり祭りをしましたということで十分だと思われるからです。けれども古事記の訓読文を読まれるとわかるように、ここには特異な神名を持つ神々がたくさん集められているのです。古事記の面白さを読むというのは、実はこういう神名のもつ思いがけない「詩的形象」に触れるところにあったはずなのです。ですので、ここではもう少し粘って、この神々が出てくるまでの道筋をたどってみたいと思います。

アマテラスが籠もり、困ったことは二つある

話は少しさかのぼりますが、アマテラスが岩屋に籠もった結果、困ったことが起こります。通常それは、世の中が「暗くなった」ことと説明されてきました。もちろんそれも大きな原因ですが、それとともに深刻な事態が起こります。それは次のように書かれています。

> すると高天原はすっかり暗くなり、葦原中国《あしはらのなかつくに》も全く暗くなった。こうして夜がずっと続いた。そこで、大勢の神々の騒ぐ声は、五月ごろ湧き騒ぐ蝿のようにいっぱいになり、あらゆるわざわいがすべて起った。
>
> （『小学館　古事記』）

大勢の神々が、五月蝿のように騒ぎ出し、禍いがあふれてきた、というわけです。「蝿」のことはすでに何度も見てきましたので、それを踏まえると、ただ世の中が「暗くなった」だけではなく、ここでは地方の「うじ＝氏＝蝿」が武力を持って騒ぎ出した、ということを言っているのです。そこで神々が、アマテラスの籠もった岩屋の前に集まって相談することになるのですが、そんな状況下で集まる神々というのは、どこかで「武力」に対抗することを考える神々でなくてはならなかったはずなのです。その神々の代表として思《おもい》金神《かねのかみ》が登場します。しかしこの神について三浦佑之さんは次のようにしか説明されていません。

> 困った高天原の神々は、なんとかアマテラスを外に引き出そうと思案し、オモヒカネ（思金）という知恵の神を中心としたトリックによってアマテラスをだまして岩屋から引き出すことにしました。

しかし、こういう説明は、すこしもこの場面の切実さ、大事さを説明することにはなっていないのがわかります。なぜならこの場面で最も大事なことは二つあるからです。一つは、アマテラスの閉じこもった岩屋の前に集まった神々を、古事記は長々と説明しているところです。なぜこの場面で、わざわざ奇妙な神名をもつ神々がたくさん集められているのか？

二つ目は、どうやって岩屋戸を開いてアマテラスを引き出したのか、その説明をしているところです。

一つ目については、三浦さんも書かれているように、天の岩屋の前に集まったのは、「思金神」を中心にした神々です。

その神を三浦佑之さんは「知恵の神」と紹介されています。しかし、大事なことは、ここに集められた神々はみな「鍛冶」に関わる神々だというところです。ですので、中心となる「思金神」は、三浦さんの言われるような「知恵の神」というだけではなく、神名の如く「金（鉄）」に思いを寄せる神という意味で、「鍛冶の神」として理解されないといけないのです。

なぜそういうふうに言えるのかというと、この場面で肝心なことは、アマテラスも驚くような「鏡」を作ることだったからです。ですから、その場面を取り仕切る神が、ただの「知恵の神」というような漠然とした神ではなく、はっきりと「鏡」を作る鍛冶のことがよくわかる神としての「思金神」になっていなくてはならなかったのです。そうすると、ここに実際に集まっているその他の神々も、鍛冶に関わっているところの意味がよく見えてくると思います。小学館版の古事記の先ほど引用した訓読文では、そこのところはこう書かれています。

常世《とこよ》の長鳴鳥《ながなきどり》を集めて鳴かせ、天の安の河の川上にある堅い石《いわ》を取り、天の金山《かなやま》の鉄を取って、鍛冶《かじ》の天津麻羅《あまつまら》を捜し出し、伊斯許理度売命《いしこりどめのみこと》に命じて鏡を作らせ、

（『小学館版　古事記』）

「長鳴鳥」とは息を長くつないで鳴く鳥のことですが、それは長く風を吹き込むことのできるフイゴのイメージを表わしているのでしょう。そして、「堅い石」つまり「鉄鉱石」を持ってきて、鍛冶の神、天津麻羅《あまつまら》と伊斯許理度売命《いしこりどめのみこと》に鏡を作らせたというのです。「麻羅《まら》」というのは男根のことで、その男根を石のように硬くするのが「伊斯許理度売命《いしこりどめのみこと》」ということは、多くの研究者の認めるところです。ですから、そうした「硬い男根」のように「硬い金属」を作り出せる神々がここに集められていたというわけです。そのことを考えると、こうした神々が鍛冶の神として設定されていることはおわかりいただけると思います。そういう鍛冶の神が寄り集まって優れた「鏡」を作り上げようとしていたわけです。

二つ目は、その「鏡」の描写です。なぜこの「鏡」をつくるためにそんなにたくさんの神々が集まっていたのかということにも関わる描写です。もしも、アマテラスが岩屋に隠れたことだけが「問題」なのであれば、岩屋の前で、どんちゃんさわぎをして、その笑い声が気になって岩屋戸を少し開けたところを、さらにがらがらと開ければそれですむはずのことでした。ところが古事記の編者は、そのようにただアマテ

ラスが岩屋から出てくることだけに重きを置いていたわけではなかったのです。そうではなく、物語に描かれているように、アマテラスに「鏡」を見せて不思議がらせる場面を作ることが、何よりも大事なことだったのです。

私たち読者にとってみれば、アマテラスは光る神、世を照らす神なのですから、その神が隠れていた岩屋から出てくれれば、それでめでたしめでたしではないかと、つい思ってしまいます。三浦佑之さんが先ほど書いていたように、この場面が太陽の祭りであるだけなら、隠れていた太陽が出てくれれば、それで万々歳のはずなのです。しかし、古事記の編者は、そのことだけが大事とは考えていないのです。ここの理解がとても大事なところであり、三浦さんの考察に欠けているところです。

つまり古事記の編者は、アマテラスが単体で光っているだけでは十分ではないと考えていたということです。もう少し言えば、アマテラスが光っている光り方だけでは十分ではないと考えていたということです。つまり、アマテラスの光を反射させる金属の鏡の光も、アマテラスの光と同じくらいに重要だと考えていたということなのです。ここに「世を照らす光」というものへの、古事記の深い考え方が表わされているる重要な場面を見ることができます。

アマテラスは元々は「火の神」を出自に持つ「金属の神」です。ですから「火の神」として「明かり」を灯すことができるわけですが、さらにその光を増幅させるものを「鏡」の中にもつことで、自らの「光る神」としての力を、さらに倍増させられることをよく知っていたということなのです。「火」と「灯り」と「金属の光」との合わせ技とでも言えばよいでしょうか。ここには「灯り」が「金属」によって増幅させられることへの認識があるのです。

物語のこの場面が投げかけている「問題」は、実は決して古事記の「物語」にとどまるものではないのです。私たちが普段必要だと思っている「光り」や「明かり」は、実は増幅させられたものとしてあるからです。私たちの部屋の「灯り」は、たとえ小さな灯りでも、それは鉄の施設の中で、火を使い、蒸気を作り、タービンを回し、それで電気を起こして……という増幅の技術の中で生まれているのです。だから、アマテラスも、ただ「光る神」「日の神」というふうに意識されているのではなく、まさに「鏡の光」との合わせ技でもって、「増幅された光」「複合された光」として現われることで、人々に「異様な光を放つ神」としての「アマテラス」を意識させることができることを、古事記の編者は誰よりもよく知っていたのです。しかし三浦佑之さんは、そういうふうには「アマテラスの光」を理解されているわけではありません。彼は思金神のトリックで、だまされて岩屋から引き出されたのだというふうにしか理解されていないからです。「鏡に映った光」のことをなぜ古事記が描いているのか、たずねてみようとする視点はないのです。

スサノオの追放と五穀の誕生

こうして天の岩屋の出来事の後で、スサノオは高天原を「追放」されることになります。三浦さんはその「高天原追放」の話に少しふれています。それはしかし、「騒動の原因となったスサノオは罪を問われてつぐないの品々を献上させられ、清めのお祓いに長い髭や爪を切られ、地上へ追いやられます」という説明で終わっています。そうだとしたら、そもそも「スサノオの罪」というのはいったい何だったのでしょうか。見てきたように「高天原での狼藉」と呼ばれてきたものは、決して文字通りの「狼藉」ではありませんでした。私たちが見てきたのは、アマテラスのもつ鍛冶の力以上の力、つまりアマテラスのコントロールできない鍛冶の力を、スサノオが持つようになった姿でした。それが許されなかったというところです。そこで彼は髭や爪を剃がれて高天原から「追放」されたというわけです。三浦さんは、本の制約もあり、そこでの説明はいっさい省き、地上へ向かう旅の中で、「食物の神」「オホゲツヒメ」に出会った話を持ち出していきます。「長旅をしてお腹がすいていたのでしょう」と説明されています。

しかし、神話のこんなところで、スサノオのお腹の減った場面を描くなどというのは変な話です。人間くさく描いていていいじゃないかという見方もあるでしょうが、古事記が「食べ物」の場面を描くときにはいつも特別な意味を込めていたことは、何度も指摘してきたところです。再度いえば、そういう場面の多くは、鍛冶場の「炉」が、鉄の素材を求める光景を「食事を作る」と表現していたということでした。ですから、ここでも表向きは「腹が減って、オホゲツヒメに食べ物を求めた」ということになっていますが、すでに「鍛冶の力」を奪われたスサノオにとって、この時点では「鍛冶をする力」は減少していたのです。ですから、そこでオホゲツヒメに「食べ物」を求めたというのは、ここで「鍛冶の力」を回復させようとしていたと読むことが可能になるのです。

そうしてオホゲツヒメを見ていると、身体のあちこちから「食べ物」を出すのが見えたので、汚いことをするやつだといってオホゲツヒメを切ってしまったというのです。しかしその切ったものから、蚕と五穀の種が生まれたといいます。

蚕と五穀の組み合わせが興味深いところです。衣と食の組み合わせ。しかし、ここでは、衣や五穀が「問題」ではないのです。オホゲツヒメを「切る」ことが大事なことなのです。スサノオは、「鍛冶の力」を奪われ、ここでようやく「鍛冶の力」を復活させる素材を得ることになるのですが、その鍛冶の素材を与える役目をオホゲツヒメが担っていることになります。しかし、鍛冶の素材は、そのままでは使えません。小さく「切る」ことで、鍛冶が始まり、道具や武器が出来上がってゆくからです。くり返していうことになるのですが、古事記で「切る」というのは、「加工」や「加工技術」のメタファーになっているということです。

それにしても、オホゲツヒメを切ったところから、蚕と五穀の種が生まれたというのは、鍛冶の話より、農耕の話として読んだほうが自然ではないかといわれそうです。確かに私たちは、農耕というと「種」のことを重要だと思ってしまいます。が、実際には、稲や麦の「種」を取るためには、稲や麦を刈り取る金属の農具がとても重要であることは、多くの人も知っているところです。農地を耕す鋤《すき》や鍬《くわ》などの農具も「金属」なのです。金属への想像力が働かずに、農耕のことを考えるなんて空想以外の何者でもありません。それなら、なぜここで蚕がでてくるのかという疑問もあるかもしれません。蚕から生糸を取り出し、布に仕上げる機織りの仕事に金属が関係しているのかと。しかし機織りも大いに「金属」に関わりがあるのです。古代の機織機は木製だったと言われるかもしれませんが、弥生時代の簡単な布地を作るための道具ならいざ知らず、複雑な織物を作るための機織機の木材を、加工し組み立てられるようにするのに、金属のノコギリやオノやノミやカンナを使わないで、作ることは出来ません（潮見浩『技術の考古学』有斐閣選書　一九八八、『弥生の布を織る――機織りの考古学』（UP考古学選書）参照。篠田知和基『竜蛇神と機織姫』人文書院では「機織り」と「金属加工民」の関係が論じられています）。

こうして「大工道具・農具・機織り機」のようなものに欠かせない「金属」は、素材を細かく「切る」ことで生み出されるわけで、そうした鍛冶に係わる女神として、ここではオホゲツヒメが登場し、約束通りに「切られて」しまいます。しかし、この話を「女神が切られる」という話に一般化させてしまうと、そういう話に似た「食物の神を切る話」が、東南アジアにあるので、従来から結びつけられて論じられてきました。それは「殺される神ハイヌボレ神話」との比較研究です。三浦佑之さんもそのような説で、ここのところを「説明」されています。食べ物の神が切られて、新たな芽が出てくる話は、似ていないわけでもないのですが、古事記の一連の流れの中に出てくる「オホゲツヒメ」の話を、「食物の神」だというだけで、物語から切り離して、他の外国の神話と比較して説明しても、物語そのものの理解が深められないのが問題です。そして何よりも「農耕」の問題を、「金属」を使用する問題としても理解しようとしない学問的風潮が問題です。田を耕し、稲刈りをし、倉に保存する、この過程のすべてに金属の農具や大工道具が欠かせないわけで、古事記はそういうところに目を止めていることにはもっと注目すべきだと思います。

三浦さんは次のようにかかれていました。「その様子を高天原から見ていたカミムスヒは、スサノヲにその種などを持ってこさせ、清めてからスサノヲに授けました。スサノヲはこれを持って人々に実りをもたらす神として地上に降りてゆくのです」と。「金属」の出番の一切ない説明です。農業がこのように「金属」と一切関係なく、「種」を持っていったから広がったと考えるのは、本当に農耕をしたことのない人の机上の話と見えてしまいます。

ヤマタノオロチとは何か

この後、高天原から「追放」されたスサノオは、「出雲」へ行くことになります。「鍛冶の力」を剥奪されたスサノオが向かった先が「出雲」だったということには、きっと訳があるのだと思われます。古代の「出雲」は、砂鉄の採れる「鍛冶の国」として意識されていたからです。そしてこの「出雲」で、有名なヤマタノオロチの話が展開されます。

この話の大枠は、スサノオがアシナズチ、テナズチ、クシナダヒメの一家に出会い、ヤマタノオロチの話を聞き、やってきたオロチに酒を飲ませ、酔ったところを切りつけ、その尾から硬い鉄の剣を手に入れ、それをアマテラスに献上するという展開にあります。その展開の真意をうまく理解することが求められています。

まずはやってきたオロチの様子です。こんなふうに書かれています。目は赤い蛇のようで、一つの体に八つの頭と、八つの尾があり、体には、檜や杉が生え、長さは谷八つ、山八つにわたり、その腹を見ると血が流れただれている、というふうに。八つの頭に八つの尾を持つオロチの造形は、古代の物語の中でも屈指の造形です。山を越えてやってくるその

オロチの大きさには、計り知れないものがあると思われます。こうした巨大な造形をうまく理解することは難しいものです。ただ全体として、「赤」や「血」のイメージが出ているところには注目すべきだと思います。そしてこのオロチは「高志《こし》の八俣のオロチ」と呼ばれています。

この巨大な山のような造形を、見かけの大きさにとらわれずに「詩的形象」というふうに考えると、「武力」の詩的形象とかんがえるのがいいと思います。その「異様な姿の武力」を、さらに「武器の形」として造形すれば、その詩的形象の武器は、「七支刀」のような「異形の武器」をイメージしてもいいのではないかと私は思います。一つの胴体に八つの頭尾があり、「赤」や「血」のイメージを持つものとしては、「七支刀」をイメージするのがぴったりのように思います。巨大なオロチを、あまりに小さくイメージしすぎると非難されるかもしれませんが、「詩的形象」として理解すればそれは的外れではないと思います。勝手な根も葉もない空想と言われると困りますので、少し理由を述べておきます。この「七支刀」は、古代の豪族物部氏の武器庫のように言われている「石上神宮（奈良県天理市）」に収められていた刀で、その「石上神宮」には、またオロチを切った刀が収められているという異説も残されてきました（『先代旧事本紀　巻第四』参照）。なので、全く「七支刀」と「オロチを切った刀」が無縁でもないようにみえますし、一つの胴体に、頭尾が多数ある「詩的形象」として、「七支刀」に「オロチ」を透かし見るという試みがあってもいいように思われるからです。

私が、ヤマタノオロチを、こうした「異形の鉄器」としての「七支刀」としてみるというのは、「鉄」に係わるものがオロチにあることを理解するためです。そして、このオロチと向かい合うスサノオたちもまた、鍛冶場を作るものとして、その鉄器に向かい合っているように物語が読めるからです。

その、スサノオたちの向かい合う場面を見てみます。すると、そこでは垣根を作り、八つの門と棚を作り、そこに強い酒を入れた船をおいて、オロチを待つという光景が描かれているのを目にします。映画『日本誕生』でも、こういう垣根や八つの酒樽が作られていました。オロチは、八つの首をその垣根の八つの門に入れ、酒を飲み、酔っ払ってしまい、スサノオに切られてしまうのです。巨大な怪物にしては、何かしら間抜けな負け方をしていると、誰もが思うような場面です。

　ここでもオロチを「切る」という場面が描かれるところに注意が必要です。すでに、カグツチやオホゲツヒメが「切られる」ことは見てきました。そして、そこでの「切る」という場面が、実は「金属」を作る「鍛冶」の場面、つまり鉄の素材の加工の場面でもあることを見てきたわけですから、ここでも何らかの「鍛冶」の場面が描かれていると見る見方が可能です。そうすると、いかにも垣根を作り、そこに八つの門の通風口をつくり、そこに酒船（炉）をおいて、オロチを待っていたという設定は、スサノオたちが鍛冶師として、遠くからやってきた「鉄の威力」を炉に溶かそうと待ち構えていたというふうに見ることができます。物語の中で、酒も含め飲み物、食べ物を作る話は、ほとんどが鍛冶に関わる話であることも見てきたところですから。

　しかし実際には、スサノオの「鍛冶の力」では太刀打ちのできない「硬い刀」がオロチの尾から出てきます。それを切ったときに、スサノオの剣が折れてしまったのですから。そんな強くて硬い刀をこのオロチが持っていたという設定そのものが不思議な設定ですが、それは異国の鍛冶の技術が高度だったというふうに理解するしかしようのないところです。オロチは「高志の八俣のオロチ」と呼ばれているので「高志」から来たオロチなのですが、その「高志」がどこなのかはわかりません。一般には「高志」は「越」のことだろうといわれています。私は「高志」は海を「越」えた朝鮮のイメージも重ねられているのではないかと思います。そうした「異国の鍛冶技術」が、古代の「越」に伝わり、一方は出雲へ、一方は近江―大和へとつながっていた交易ルートを見ることができます。そして、そうした「越」の高度な「鍛冶の技術」が、時には出雲を脅かすようにやってきていたことも考えることができます。

　物語では、オロチは切られ、尾から出てきた優れた硬い刀は、スサノオによってアマテラスに献上されることになります。こうしてアマテラスは「優れた鏡」と「優れた刀」を手に入れることになります。こうしてみると、オロチは、いかにも出雲の山奥の娘を食べにやってくるかのような話の展開に見せかけておきながら、実はアマテラスに優れた武器＝刀を届けるためにやってきていた側面も、見のがすことはできないと思います。

　こうした理解では、スサノオが鍛冶師であることはわかるとしても、「アシナズチ一家」も鍛冶師のような位置づけを受けるのはこじつけではないかと思われるかもしれません。しかし、この「一家」に、「アシナズチ」や「テナズチ」

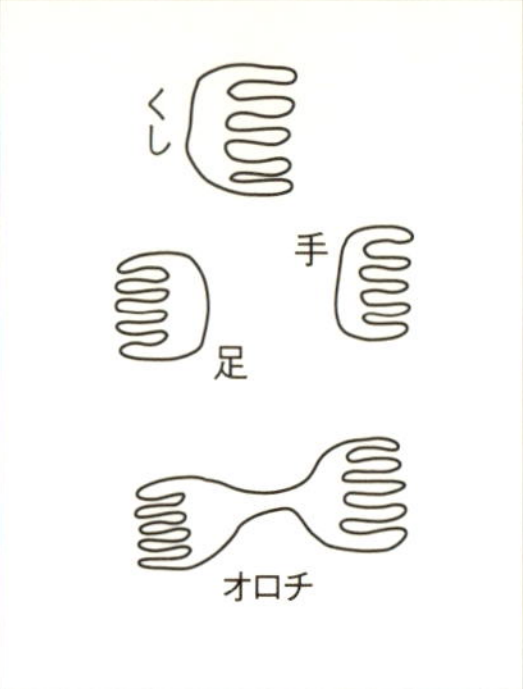

のように、「足」や「手」に「つち（鎚）」のつく名前がつけられているのは、偶然ではなく、よく考えられて付けられているのだろうと私は思っています。「足」も「手」も、そして娘の「くし」も、その「詩的形象」を探ってみれば、「二つの胴体」から出ている「多肢」のようなものであることがわかります。それは、「オロチ」の「詩的形象」や「七支刀」の「詩的形象」にもつながっているものだと考えることができます。こうした「一胴多肢」の形象は、「一人一力」ではなく「一人十力」「一人百力」のイメージをもっているもので、実際にそういう力を持つものが「鉄の武器」であることは、誰もがよく知っていたことでした。こうして、「過剰な力」が「多肢」でイメージされ、それが「鉄」に結び付くときは、「鎚《つち》」で鍛える鍛冶を想定しなくてはなりません。だから、この一家には「足—な—鎚」「手—な—鎚」という名前が付けられていたと考えることができるのです。それでも「アシナズチ」を鍛冶師と考えるのはこじつけだと思われる方には、このオロチの物語の終わりを読まれるといいと思います。そこでは、「アシナズチ」は、スサノオに加勢した功績によって、わざわざ「足名鉄神」という金属の神名をつけてもらっていたことを知ることになるからです。

一般的に理解されてきたのは、「オロチ退治」と通称される物語です。八つの頭を持つ蛇に娘を食べられる可哀想な一家を助けて、スサノオがオロチを退治するという話です。しかし、この「オロチ」の話がそのような「オロチ退治の話」なのだとしたら、アシナズチ一家を助けて、オロチを倒せばそれでめでたしめでたしとなって終わるはずなのですが、古事記は、そういうふうな「オロチ退治」で終わらせないで、オロチが「優れた刀」を持っていたことを描くわけですから、そうした金属とオロチの関係は、やはりよく理解しないといけないと思います。しかし三浦さんは、オロチが「金属の化身」でもある可能性については少しも言及されないのです。むしろオロチは「出雲の地を蛇行して流れている暴れ川、斐伊川のイメージと重なります」と書いて、さらに「古くから、この川ではたびたび洪水が起こり、土地の人々の暮らしを丸のみにしてきました。そう考えると、自然神の象徴であるヲロチを、知恵でもって退治したスサノヲは、文化を持った人文神の象徴ということになります」というふうに説明しています。どうして、スサノオの刀を折ってしまうような優れた刀を尾に保有しているオロチが、「自然神の象徴」などと言ってすまされるのか、不思議です。

ただし、本の中で、一行だけ「ヤマタノオロチは製鉄のカンナナガシの象徴と見る意見もあります」と付け加えられています。でも、そんなカンナナガシの象徴というような意見に代表させるだけで、こういうオロチに物語を説明できないことは言うまでもありません。

浮かび上がる数々の対比

三浦さんは、古事記にはアマテラス対スサノヲ、タカミムスヒ対カムムスヒ、高天原対根之国、ヤマト対出雲、などの対比がきれいに見られると言っています。

そしてここで三浦さんは「根之国」について語っています。根之国というのは、スサノオがオロチの剣をアマテラスに献上した後に住んでいる国とされています。が、その国がどこにあって、なぜその国に、どのようにして行ったのか、ということは書かれていないので、所在地はよくわからないとされています。ただ、大穴牟遅神（大国主神の初期の名前）がその国を訪れたので、大穴牟遅神を通してこの国のことを物語の読み手は知ることになります。

三浦さんは、この根之国が従来から黄泉の国と同じようにみなされることもあったが、それは違うと言われています。その考えは私と同じです。

でも、三浦さんはそこでも、「スサノヲが稲作農耕をもたらした起源の神であるとすれば、弥生的な性質を強く持っているといえるかもしれません」といって、あくまで農耕神であることを強調されています。が、見てきたようにスサノオは「農耕神」ではなく「金属神」なのです。彼が「大泣き」をするのは「泣く」ではなく「哭く」と表記され、金属の音を鳴らすような行為であることは見てきたとおりです。ですので、根之国の「根」とは「音」の意味もあることは理解されなくてはなりません。物語の細かなところは省きますが、大穴牟遅神が根之国に行って、スセリヒメを連れてスサノオに知られないようにその国を出ようとすると、持ち出した「琴」が木に触れて大地が揺れるような大きな音を鳴らす場面が描かれます。それでスサノオが気がつき大穴牟遅神を追いかけるのですが、このスサノオの持ち物である「天の沼琴」が「大音響」を鳴らすというのは、まさにスサノオの金属神としての特徴をよく表わしているのです。

三浦氏は、ここでは根之国のことをもちろん詳しくは論じているわけではないのですが、この根之国でスサノオは金属神として鍛冶に関わる活動をしています。物語では、大穴牟遅神はその鍛冶の技術を手に入れて、さらに一回り強くなって、この国を後にすることになっているのです。

付録▼

河合隼雄『中空構造日本の深層』中公文庫批判

ここで少し気になっていることに触れておきたいと思います。それは三浦佑之さんの本の中で、数カ所にわたって、河合隼雄さんの『中空構造日本の深層』（中公文庫）を取り上げ高い評価をされていることについてです。古事記の専門家である三浦佑之さんが、なぜこのような的外れな批評文をわざわざ古事記の解釈に持ち込まれるのか理解に苦しみます。その箇所は、まず本文の「はじまり」の場面の「説明」のところででてきます。三浦さんは、こう紹介されています。

天と地があらわれ、天（高天の原）にアメノミナカヌシ［天之御中主］、タカミムスヒ［高御産巣日］、カムムスヒ［神産巣日］という三柱の神が登場します。アメノミナカヌシは「天の真ん中にいる偉い神様」といった意味ですが、詳細はよくわかりません。というのも、古事記の最初に登場するいかにもありがたい名前の神様なのに、ここで登場したきり、お隠れになってしまうのです。

これについておもしろい解釈をしているのは、臨床心理学者で文化庁長官もなさった河合隼雄さんで、『中空構造日本の深層』という著書で、「真ん中が抜けてしまう」のが日本人の特徴だとおっしゃっています。アメノミナカヌシも同様で、天の中心にいる大黒柱のような名前をもって誕生したのに、名目だけで役割ももたずに消えていく。

ここで三浦佑之さんは、アメノミナカヌシはよくわからないと「説明」されているのですが、しかしそれだけでは視聴者に不親切だと思われたのか、わざわざ河合隼雄さんの『中空構造日本の深層』を持ってきて「おもしろい解釈」だと言われています。この本の中の「『古事記』神話における中空構造」の論考が「おもしろく」読めたということなのでしょうか。しかし、この論考は、古事記の中身を丁寧に調べるわけではなく、古事記には三柱の神が出てくるが、そのうちの一柱の神は、何も働きをしないでいるという「説明」をされるのです。その例として、「タカミムスヒ—アメノミナカヌシ—カミムスヒ」「アマテラス—ツクヨミ—スサノヲ」「ホデリ—ホスセリ—ホヲリ」が表にしてあげられ、存在はするが目立った働きはしないあり方を、「中心が空」という意味で「中空性」と名づけられて、次のように述べられています。

先に述べた日本神話の中空性ということに関連づけるならば、日本の神話においては、何かの原理が中心を占めるということはなく、それは中空のまわりを巡回していると考えることができる。つまり、類似の事象を少しずつ変化させながら繰り返すのは、中心としての「空」のまわりを回っているのであり、永久に中心点に到達することのない構造であると思われる。このような中空巡回形式の神話構造は、日本人の心を理解する上において、そのプロトタイプを提示しているものと考えられるものである。

『中空構造日本の深層』を読むと、河合隼雄さんの関心が、文化論のほうにあるのがよくわかります。「何かの原理が中心を占めるということはなく、中空のまわりを巡回している」文化のあり方に関心があって、あるとき古事記がそういう文化論にぴったり重なるのではないかと思いつかれて、それで急いでこうした古事記中空構造説みたいなものを考案されたという感じなのです。もともと古事記に深く関心があるわけではなく、構造として見ていたら、「中空のまわりを巡回している」文化が現代の文化にあって、そういう構造を古事記も持っていることにふと気がついたという感じなのです。私は単なる思いつき以上の話ではないと思うのですが、つまり古事記を丁寧に読むことから考察された考えではなく、ただどこかで仕入れた文化構造論をそのまま古事記に当てはめて解釈されただけの話にすぎないと思うのですが、三浦佑之さんは、なぜかこの「説」を「おもしろい解釈」だとされて高く評価されているのです。それも高い評価の仕方が、妙なところの評価になっています。つまり、河合隼雄さんの紹介が「臨床心理学者で文化庁長官もなさった河合隼雄さん」となっていて、そういう肩書きの方だから、優れたことを書いておられるということを読者に印象づけようとされているような感じなのです。

そもそも「アメノミナカヌシ（天之御中主）」は、すでに見てきたように、「中空性」というような空虚な思弁ではなく、「中」という「子宮」のようなイメージを持つ神として最初に想定され、その「中＝子宮」と連動するように「むすひ」という「生む神」のイメージが設定され、連動させられているのです。そうした物語の具体的な展開の理解抜きに、ただ構造として三神の中の一神が機能していないという表を作って、いきなり「中空構造」になっていると指摘したりするのは知的なお遊びにしかすぎません。ご自分でも、「筆者の日本神話に対する関心も大別すれば構造論的なものにいれられる」と書かれていたりするわけで、ただ神々の「組み合わせの図式」を「構造」と呼び、そこに恣意的に「中空構造」を見てとるだけの論考を、どうして「おもしろい」と三浦さんが紹介されるのか、理解ができないところです。

四 「出雲神話という謎」の検証

「渡り」「乗り物」のメタファー

三浦佑之さんは「出雲神話」と呼ばれるものに特別な関心をもっておられます。というのも、古事記の神代の三分の一をしめる出雲の物語が、日本書紀には記載されていないという理由からです。記載されていないのは、日本書紀がわざと省いたのか、載せると都合が悪かったのか、載せるに値しなかったのか、いろいろと理由が考えられますが、こんなに魅力的な出雲の物語を、日本書紀が記載していないのには大きな理由があるからだろうと三浦さんは考えておられます。三浦さんがまず取り上げているのは、有名な「稲羽のシロウサギ神話」と呼ばれているものです。最初に三浦さんの口語訳を紹介します。

ある時オホナムヂ（のちのオホクニヌシ）が稲羽（因幡）の国の気多《けた》の岬を通りかかると、肌が赤くむけて泣いているウサギに出会いました。「どうしておまえは泣き伏せっているの」と訊ねると、ウサギはわけを話しました。
ウサギはオキ（隠岐）の島から稲羽までの海を渡るため、ワニ（フカ、あるいはサメのこと）に悪知恵をしかけたそうです。「われわれと君たちと、数比べをして、どちらの一族が多いか少ないかを数えてみないかい。そのために、君は、ワニたちのありったけをことごとくに連れて来て、みな並び伏して連なってくれないか」。ワニたちは島から岸に向かってずらりと整列しました。ウサギはその背の上を、ひとつ、ふたつ、と数えながら渡り、対岸にたどり着くまであと一歩というところで、うれしくなって「君たちはわたしにだまされたんだよ」と口が滑ると、もっとも岸の近くに伏していたワニが襲いかかってきて、ひと噛みで皮を剝《は》がされてしまったのです。

オホナムヂには八十柱《やそ》もの兄たちがいて、その神々がそこへ通りかかりました。ウサギの姿を見て、何も聞かず、すぐさま、「海水を浴び、風通しのよい高い山の尾根の上に臥せっているとよい」と言いました。ウサギがそのとおりにしてみると、皮膚が乾いて裂け、ますます痛みがひどくなってしまいました。それでこうして泣いているのです、とウサギはオホナムヂに説明しました。

擦り傷に塩水を塗って風で乾かしたらどうなるでしょう。想像するだけで痛くなってきます。哀れに思ったオホナムヂは、正しい治療法を教えます。

この物語には、異なった話が組み合わされています。その異なる話は三つあります。一つは、ウサギが海の向こうからワニを欺して渡ってきたという話です。もう一つは、欺したワニに「裸」にされたウサギが八十神や大穴牟遅神《おおあなむじのかみ》から助言を受ける話です。三つ目は、大穴牟遅神と争う八十神たちの話です。

まず最初の、海の向こうからワニを欺して渡ってきたウサギの話を考えてみます。こうした誰かを欺して川や海を渡る動物の話は東南アジアにもあるので、それを古事記が利用しているという説は早くから出されています。そのために、「稲羽のシロウサギ」という話そのものが、東南アジアの民話と同じなのだなどという極端な話をする人たちがいます。三浦さんも、東南アジアの民話との比較をされています。しかし、簡単に東南アジアの民話と比較されると、それは読者に大きな誤解を与えることになります。似ているのは、「稲羽のシロウサギ」といわれてきた複雑な話の中の、少しの情景が似ているだけのことなのですから。東南アジアの類似の話とは、兎や猿や鹿や鼠などの陸に住む動物が、川にいる鰐や鮫などをだまして向こう岸に渡るというものです。しかし、そういう光景は、なにも東南アジアの民話の専売特許というわけではありません。

たとえばプロップ『魔法昔話の起源』（せりか書房）の中の「渡り」という章を見ると、そこにはロシアの昔話に「渡り」をするために他の動物を「乗り物」にする話がたくさんあったことがわかります。鳥や鹿や馬やうさぎも「乗用動物」になっていたことがわかります。早く移動できる動物は、「乗り物」としては優れていたのだと思われます。事実、古事記の上巻の終わりの話では、一匹の鰐の背中に乗って「綿津見の宮」から地上に送り届けてもらう話が出てきます。ここでのワニはまさに「乗り物」です。さらに古事記の中巻の「神武東征」の件には、亀を「乗り物」にする人物が出てきます。こうした「渡り」をするために「動物利用」をするという発想は、東南アジアだけではなく、ヨーロッパ（馬に翼を付ければ、ギリシア神話の羽の生えた馬・ペガサスのイメージが出来上がるでしょう）やロシアにもあったということであれば、古事記の話は「南方」だけではなく「北方」からもきていたということは、当然考えることができます。

プロップの指摘で、何よりも興味深いのは、「渡り」をする時に「動物の皮に身を包み」実行する話があるという指摘です。「獣皮をかぶる」ことで「渡り」をするという発想です。プロップは成人儀式、通過儀礼の一環として、子どもから大人へ「渡り」をするときに、獣の皮をかぶって通過する儀式があるということを指摘していました。「通過儀礼としての渡り」の考察も興味深いですが、ここでは話を一般化させてしまうとよくないので、できる限り、具体的に古事記の細部の描写にこだわって理解を進めてゆきたいと思います。

ただし「衣をかぶって渡り」をするという話でいえば、古事記の上巻の後半に出てくる、「綿津見の宮訪問」の話では、この宮へ「渡り」をするのに、竹で編んだ小舟にくるまって海を渡るという話は、まるで「皮の袋にくるまれて」渡りをするような話にも読み取れて興味深いところです。

「稲羽のシロウサギ」神話

さて話を「稲羽のシロウサギ」にもどすと、実はこの話も、和邇《わに》の背中を「渡る」話であると同時に、「皮をかぶって」渡る話にもなっているというところにも、この後注目してゆきたいと思います。物語の話では、和邇を欺して海を渡ってきた兎が、岸に着く直前に、和邇を欺したことを語ってしまいます。それで、最後の和邇に捉えられて「皮を剝がれて赤裸にされた」と多くの現代語訳の本では説明をしています。三浦さんもその通説には異論を立ててはおられません。しかし原文では「皮を剝がれた」と書かれているのではなく「衣服を剝がれた」と書かれています。兎は「衣服を着ていた」というのです。つまり「皮を被っていた」というのです。

もちろん、それは「皮を剝ぐ」と書けば残酷になるのであえて「衣服を剝ぐ」というふうに「例え」ているわけで、この「衣服を剝ぐ」というのは「皮を剝ぐ」と読むべきだと言われるかもしれません。しかし、「皮を被る」ということわざは、「羊の皮を被る」とか「猫を被る」とか、ある者が別の者の姿で現われることをいうわけで、この「稲羽のシロウサギ」でも、最後は「兎神」が「兎」の皮をかぶってやってきたという展開になっているので、ここではやはり「皮をむかれた」のではなく「衣服を剝がれた」と原文通りに読むのが素直な読み方だと思います。そして、こういう手の込んだ物語の作りにしているところが、東南アジアの民話などと古事記の比較にならないところなのです。

さて、この「稲羽のシロウサギ」で、どうしても理解しなければならないのは、「衣服を剝がれた」話がいったいどういう意味を持っているのかということについてです。古事記の物語の内在的な理解から考える必要があります。視覚的な印象は、「衣服を剝がされ」「裸」にされた場面というのは、「白」と「赤」に区別されています。もちろん「稲羽のシロウサギ」と通称されているのですが、元の色が「白兎」と書かれているわけではないという指摘もあります。大事なことは、「裸」を「赤」と読み手は受け取り、この「赤」をめぐって「八十神」と「大穴牟遅神」が違う対応をするところが、「稲羽のシロウサギ」の話の見所になっているところです。いったいこの「裸／赤」とは何なのでしょうか。

海の向こうから、和邇を欺しながらやってきた「兎」が、衣服を剝がれて「裸／赤」になります。この赤くなる兎とは何なのか。私はこの「兎」を「鉄のメタファー」と考えたいと思ってきました。「鉄」はスンナリとは、倭国にはやってこないからです。当時、どのようにして「朝鮮半島」から「鉄」が倭国に持ち込まれていたのか、想像することは難しいのですが、現在のような貿易の観念で考えることはできないと思います。ただ日本海ルートで北九州、出雲、若狭、近江とヤマトと繋ぐ交易をはかっていた豪族に「和珥氏《わにし》」がいました。この「和珥氏」がさまざまな物資を、日本海ルートでヤマトに運んでいました。そういう時代背景を考えると、あながち「和邇」によって、「兎」が「渡り」を助けてもらったという話も、単なる東南アジアの民話で済まされないものがあるように思われます。問題は「和邇」の運んだ「兎」とは何だったのかということです。

物語で一つわかることは、「陸」に着いたところで、兎が「赤く」されたということです。これをどう考えるといいのか。

「ワニ」のメタファー

「稲羽のシロウサギ」の「兎」と「和邇」の話で、まず大事なところを考えておきます。すでに見てきたように「和邇」

は「兎」を「渡す」役目をしたもので、とても大事な役割をしています。物語の中では、兎に欺される役割をしていて、その結果兎の衣服を剝ぐようなことをするので、絵本などでは怖い鮫のような姿で描かれます。そして、兎を「裸」にしたあとは、再び登場することもなく、物語からも絵本からも消えてゆくので、読み手のイメージの中には「兎の皮を剝いだ悪いやつ」のようなイメージだけが残ってしまいます。損な役割です。自分から、何か悪いことをしたわけでもないのにです。ですから、「兎」と「和邇」の関係は、もう一度きちんとありのままに理解しておく必要があります。そのありのままとは、兎と和邇の最後の場面です。

もし物語の展開が、本当に兎が和邇に対して、ひどい嘘をついたことを暴露し、その結果、和邇がひどく腹を立てた場面なのだとしたら、和邇は、十分な仕返しをしてもよかったと思われます。それは、和邇が兎に嚙みつくか、嚙みついて食べてしまうか、そういうことをしてもよかったはずの場面です。もちろん和邇が兎を食べてしまえば、そのあとの物語の展開は起こりませんから、そんなことは古事記の書き手はできなかったのだと考えることはできます。考えることはできますが、しかし、物語の読み手としては、欺された和邇が、ここで兎を殺さないで、よく逃がしてやったものだと思わないわけにはゆきません。

ということは、ここで描かれていることは、兎が和邇を欺して渡りをしたというようなところに主眼が置かれているのではなく、先ずは、兎の渡りに和邇がいなくては始まらなかったということと、その和邇の役割を低く見ている読み手に対して、和邇の異議というか、和邇のデモンストレーション（和邇の宣伝・誇示）のようなことをここで描いている、と考えるのがよいように私は思います。

それはこの物語の背後に、先ほど触れた、当時の日本海から若狭、近江、山城、奈良と続く交易ルートに関与していた「ワニ氏」（和邇氏・和珥氏）と呼ばれる強力な豪族の存在が読み手に透けて見えるように工夫されているからです。「渡り」に係わる「ワニ氏」という存在。彼らはしかし物語の表舞台には登場せずに、背後で、日本史を実質的に支えてきたとされています。そうした「ワニ氏」の一部が、古事記の編纂にアイディアを出すことが可能な位置にいたという研究もあり、表には出ないところで「ワニ氏」の「族《やから》」の存在を物語に反映させていたと考えることも可能です。「族の多さ少なさを調べるので数えたい」といった要望にもそれは現われています。全くの思いつきで兎が和邇にそんな要望を言ったとはとうてい思われないからです。

兎と和邇の話の理解に、当時の古代の豪族「ワニ氏」の存在を想定するのは、物語の理解としてフェアではないとお叱りを受けるかもしれませんが、全く勝手な想像でそういうことを言っているわけではないのです。というのも、このあと触れることになる「海幸山幸の話」の最後にも、ホデリを綿津見の宮から陸へ「渡す」ものとして、和邇が登場し、また豊玉比売が和邇の姿で天皇の子どもを生むという話も、当時の「ワニ氏」一族から、天皇の后になっていった者がいたことの反映だとされていることからもわかります（「和邇氏」に関しては、岸俊夫「和邇氏に関する基礎的考察」『日本古代政治史研究』一九六六、黒沢幸三「和邇氏の伝承」『日本古代の伝承文学の研究』一九七六、参照）。

ところで、和邇に「ワニ氏」の投影を感知しておくことの大事さはわかったとしておいて、この和邇が、兎の衣服を剝いだというのはどのように理解しておけばよいのでしょうか。私は黒沢幸三氏が、和邇が「サヒ持神」と呼ばれることを指摘し、「サヒ」は「刀剣」なので、「鉄」に係わる存在だと指摘されているところが大事だと思います。和邇は「渡り」に係わるだけではなく、見るからに怖そうな「武力」のイメージももっていたとしたら、そこには「武力」を「渡す」ような役割も持とうとしていたことは想定できるところです。その「武力」とは「鉄」の「渡し」です。そういうふうに考えると、和邇が「渡し」に係わった「兎」もひょっとしたら、そういう「鉄」に関わりがあると考えることができます。そのことを念頭に置きながら、次に、「兎」とは何かを問うてみたいと思います。

確かにこの「兎」は、和邇を欺して「気多《けた》の岬」までやってきたのですから、相当したたかな存在だということです。その兎が「衣服を剝がれて」、陸地に着いたというわけです。これはだから「可哀想な兎」というわけにはゆきません。自分から和邇を欺したのですから、「仕返し」をされても自業自得の存在です。命を取られなかっただけでもましと思え！と言えそうな物語の展開です。しかし、それにしても和邇を欺した「仕返し」に、衣服を剝がれて泣いていたというのは、あまりにも子どもじみたお話の展開です。お互いの一族の数を比べ合いをしようというような計画的な知恵を出す兎が、最後の最後のところで、「やあ、お前たちは欺されたんだぞ」などというような愚かなことを、本当に言うだろうか、などといったことを考え合わせると、兎は別な目的でここに来て「衣服を剝がされていた」と考えなくてはならなくなります。

「兎」と「耳」のメタファーについて

「兎」については、何よりもまず大事なことを指摘しておかなくてはなりません。それは「耳」が長いという特徴を持つ存在だということです。そんなことは幼稚園児でも知っていることですが、でも古事記の中で「耳」のことについて考えることはとても難しいのです。古事記の物語には、「耳」のつく重要な神名がたくさん出てきます。その筆頭は、すでにアマテラスとスサノオのウケイの物語のところで、スサノオが生んだ神に「正勝吾勝速日天之忍穂耳命」という「耳」のつく神がいます。このあと、ヤマタノオロチの話があり、そこにでてきた「足名椎《あしなづち》」が「足名鉄神《あしなづちのかみ》」と呼び替えられ、さらに又の名をつけられて「稲田宮主須賀之八耳神《いなだのみやぬしすがのやつみみのかみ》」と呼ばれています。この神にも「耳」がついています。スサノオが「ウケヒ」という「鍛冶」の儀式の中で生んだ「忍穂耳命」という神や、鉄に係わる「足名鉄神《あしなづちのかみ》」と神名を持つ神がまた「耳」の付く神に呼び替えられるというのは、「耳」がなにがしか「鉄」に係わるイメージを内在させているところがうかがえます。さらに大国主の系譜に「布帝耳神《ふてみみのかみ》」がいたりします。

おそらく「耳」というのは、仏教に於ける仏が垂れるほどの長い耳を持っているように、「長い耳」や「大きな耳」は、何かしらの「異能」の存在を示しているのがわかります。ですから、古事記の神で、「耳」がつくのは、やはり「異能」を持つ神につけられていると理解しておくのがよいと思います。ただ私は、この「耳」のメタファーについては、その大きさや形の特異さだけではなく、「音」に係わる器官として特異なイメージを持たされていると思っています。「音」を聞くのは「耳」ですから、耳と音はメタファーとしてつながっていると思います。なぜそのことを指摘するのかというと、和邇に衣服を剥がされた兎は「泣いて」いて、その泣き声を聞いて、このあと八十神や大穴牟遅神が声を掛けることになっているからです。つまり、兎は「泣く」という「音」を立てていたわけです。この「音を立てて泣く」ということで、自らの置かれている存在を知らせる神は、重要な神だけです。その筆頭はすでに見たスサノオの「大哭き」です。この神の「泣き方」は比類がないので、「泣く」ではなく「哭く」と表記されてきました。「哭く」という泣き方は、イザナミが神避ったときも、イザナキが「腹ばいになって哭いた」とされていました。

この「音を立ててなく」というあり方が、スサノオの場合は、異様な、雷のような金属音を立てて泣いているので「哭く」という特異な表記をしているのだと「説明」してきましたが、古事記で「哭く神」はたいていは「金属」にかかわり、金属の音を立てているのです。だから、耳―音―鳴る―泣く―哭く―聞く―尋ねる、という一連の物語の展開は、「金属の物語」としても意識されているところを理解しておかなくてはなりません。

そうして考えると、「耳」を持つ兎が「音」を立てて「泣く」という物語の展開には、なにがしかの「金属」のメタファーがあることを考える必要があると思います。具体的に言うと「鉄の素材」のメタファーがかかわっているのではないかという推測です。それは、この「鉄の素材」を、「ワニ氏」が日本海ルートを通して「山陰」へもたらしたという推測です。そうすると、「鉄」あるいは「鉄の素材」そのものの問題と、それを運ぶものの問題があって、それが兎と和邇に振り分けられているのではないかと考えることができます。そう考えると、兎が衣服を剝がれて、「裸＝赤肌」になるというイメージも、少しは理解できてきます。つまり、「鉄」や「鉄の素材」は、海を渡って運ばれてきて、「赤肌＝赤い錆び」を見せて山陰に陸揚げされたのではないかというふうに。しかし、「赤肌＝赤い錆び」を見せる鉄でも、それは「鍛冶場」に持ち込まれれば、また「使える鉄」として再生させられます。もちろん「赤肌」にされた兎のイメージを、もっと別なイメージで見ることも可能です。「赤肌」を「赤い錆び」ではなく、鉄材を熱すると皮がむけるかのように、黒い表面の中から赤い鉄が姿を現わす状態としてみることです。メタファーですから、それはさまざまに可能です。ここでは「赤く」された兎は、「鉄の性質」を見せたと捉えておくだけで十分だと私は思います。そして、この鉄の再生に係わるものとして「八十神」と「大穴牟遅神」が次に登場することになります。

「八十神」と「大穴牟遅神」

この「赤く」された兎を巡って、次に二つの対応の仕方が語られます。「赤く」なった兎とは、「鉄としての性質」を見せたということです。しかし、「材料」だけでははじまりません。それを実用的な鉄に作り替えなくてはなりません。つまり、新たな鍛冶場を設けて、この「赤い鉄材」を変化させなくてはなりません。その鍛冶の対応の仕方が、二つに分かれるのです。

ここで「赤肌」になった兎に対して、八十神と大穴牟遅神の対応の違いが描かれることになります。まず八十神が、海塩を浴びて風の抜く高い山の尾根に横たわれといいます。この言い方には十分に注目する必要があります。八十神は、なぜこんな風の吹く山の尾根に行くように勧めたのでしょうか。普通に考えると、浜辺で、「赤肌」になって泣いている兎に、わざわざ「山の尾根」までいくようにというわけですから、「いじわる」をしたにしては、あまりにも浜辺から遠いところに行くように指示していることがわかります。それはかなり不自然な指示です。こういう八十神の示した指示の中身について、従来からの古事記研究者は十分な解説をしてはきませんでした。注目することすらしたことはなかったと思います。もちろん三浦佑之さんもです。多くの古事記研究者の説明は、八十神が兎に「でたらめな指示をした」というふうな説明しかしてきませんでした。しかし八十神は、ただ「意地悪」をするために、そんな指示をしたわけではないのです。「風の抜く高い山の尾根に横たわれ」という指示には意味があったのです。

古代の原始的な製鉄の多くは、風の吹く山の斜面を使ってなされる「山の鍛冶」とでも呼びうるものでした。平野で「炉」を作ってそこで「製鉄」をするというようなことはできなかったのです。なぜなら平野では「火」を強くするための「風」がなかったからです。鉄を作り出す強い火を起こすためには「強い風」が必要でした。その「風」が、のちに「炉」に吹き込む「たたら」と呼ばれる人工の風送り装置の発明で、平野でも「風」を作ることができるようになります。しかし、ここでの八十神というのは、古い鍛冶技術をもった集団で、せっかく海を渡って届けられた赤肌の兎＝鉄材を、山の風に吹かれる野鍛冶で溶かし、新しい鉄具に作り直ししようとしたのですが、さらに「赤く」はなっても、それ以上の変化はさせられなかったのです（人工の風送り技術（ふいご・たたら）のない時代に、山の斜面に吹く強い自然風を生かして製鉄炉を作っていたという説明は、『古代日本の鉄と社会』（平凡社　一九八二）、『律令国家の対蝦夷政策　相馬の製鉄遺跡群』（新泉社　二〇〇五）参照）。

ところで、八十神の指示に従った兎の様子は次のように描写されています。「山の尾根に横たわっていますと、塩の乾くにしたがって、身体の皮がみな風に吹かれて裂けていった。それで苦しみ泣いていた」と。なんて可哀想な兎さんだろうと、誰もが同情する場面ですが、鍛冶場のことがわかる人たちなら、この描写が、鉄材が熱く熱せられると、「皮が剝がれてゆく」ようになる描写に似ていると思われるのではないでしょうか。熱せられた鉄材は、表面から酸化していって、皮が剝がれるようにめくれてゆくからです。

そんな八十神の指示に対して、一方の大穴牟遲神は、違った指示をしました。彼は、「水戸へ行き、水で身を洗って、水戸の蒲黄《かまのはな》を取って、敷き散らして、その上に転がっていれば、本の膚のごとくに必ずなる」といったのです。ここで「水戸《みなと》」という言葉がくり返して出てきます。この「水戸」を「戸」の付く言葉と考えれば、特別な言葉であることがわかります。黄泉の国にも「戸」があったし、天の岩屋にも「戸」がありました。特別な場所との区別を「戸」であらわすのですが、ここでもそういう意味では「水戸」は特別な意味が込められていると思われます。

普通に考えれば「水戸」は、港のような船着き場と考えることでよいと思います。八十神は「山の尾根で伏せろ」と言ったのに対して、大穴牟遲神は「水戸」へ行けと言ったわけですから、船の行き来する、新しい鍛冶技術の持ち込まれるところへ行けと言ったわけです。つまり古い鍛冶技術で行なわれる「山の鍛冶」ではないところへ行けと言ったわけです。そしてそこで、「蒲黄《かまのはな》を取って、敷き散らして、その上に転がっている」ように指示します。従来の解釈では、これは傷ついた兎の傷を癒やす大国主の優しい医療行為だと説明されてきました。もちろんそういう「説明」を否定するわけではないのですが、物語には多義的な読み取りが可能であることは、何度も指摘してきました。

その意味で言うと、ここでの「蒲黄《かまのはな》」というのは、医療の薬草という読み取り以外の読み取りも可能です。広辞苑で「がま【蒲】」を引けば「夏、約20センチメートルのろうそく形の緑褐色の花序（穂）をつける。これを蒲団《ふとん》の芯に入れ、また、油を注いでろうそくに代用、火口《ほくち》を造る材料とした」と書いてあります。つまり、「がま【蒲】」は「火」に係わるものとして昔は使われていたというのです。そうした「蒲《かま》」の「黄《はな》」という「花」に「黄」が使われているのも意味深いところです。それは「黄泉の国」の「黄」を連想させるからです。とすると、ここでの「黄《はな》」は、植物の花というより、黄泉の国で雷のように光っていた「火花」、つまり「高温度の火」と理解されるのが自然だということになるからです。そうすると、「火のイメージ」をもった「蒲黄」という「高温の火花」の上で転がっていなさいと言うのですから、それはまさに「炉」の中の準備された高温の火の上で、転がるという高度な鍛冶のイメージを指示しているのが読み取れることになります。

「素兎」とは何か

　そういうふうに理解すると、最後の「この身、本のごとくなる。これが稲羽の素兎である。今は兎神という」という一文の理解も、従来の理解とは違ってくることになります。ここで言われる、「稲羽の素兎」の、「稲羽《いなば》」は、地名の「因幡《いなば》」を言っていると従来から説明されてきました。しかし「因幡」を使わずにあえて「稲羽」という漢字を使っているわけですから、特別な意味を持たせていると考えるべきだと思います。

　そこで「稲」のつく言葉を思い出すと、稲羽の兎の話の前の、オロチの話ででてきた「足名椎」が最後に「足名鉄神」と呼ばれさらに「稲田宮主須賀之八耳神」と呼ばれたところを見てきたように、そこで「稲」という言葉が使われているのがわかります。それはまさに「足名椎」に「鉄」が組み込まれ、「足名鉄神」と呼ばれ、それがさらに「稲田宮主須賀之八耳神」という「耳」のつく神に昇格させられているのですから、この「稲」は植物の「稲」ではなく、「鉄に係わる稲」と見なくてはならなくなります。「鉄に係わる稲」などというものがあるのかと思われるかもしれませんが、それはあるのです。普通に「いなびかり」というのは「稲光」と書くわけで、それは「稲」の色が、雷の黄色い閃光に似ているからだとされてきました。つまり「稲」は「雷光」としても意識されてきているわけです。そういうことを考えると、「稲」は「鉄のメタファー」に係わっていることが理解され、「いなば」は「稲場」というような鍛冶場のイメージももたされていることがわかります。

　そうすると、最後の「この身、本のごとくなる。これが稲羽の素兎である。今は兎神という」という一文の理解はまた違ったものになってきます。「素兎」は「しろ兎」と読まれてきたので、物語としての読み方は、「元の白い兎になりました」ということになっていますが、この「素」という言葉には、もともと色彩の「白色」という意味があるわけではなく、「本の色」というふうに理解しておくべきものです。そうすると「本の色」というのは、「赤さびた色」から鉄材が鉄の道具（武器や農具）の色を取り戻した色と考えておくのがいいと思われます。もちろん鍛冶で鍛えられた鉄は、銀色に光るわけですから、「素兎」を「銀兎」のような「白」としてイメージすることは十分に可能なのです。

　こうしてみると、「稲羽の素兎」の話には、八十神たちの鍛冶の技術と、大穴牟遅神の鍛冶の技術が比較されていて、鉄材の兎をより良質の鉄に仕上げたのは、大穴牟遅神のほうだったというふうにも読み取れるようになっているのがわかります。「稲羽のしろ兎」をそんな風に解釈するような話は聞いたことがないぞと思われるかも知れませんが、決して突拍子もないような解釈をしているわけではないのです。三浦佑之さんは、こういう稲羽の素兎の話を、傷ついた兎に薬を教えた医療の神様のような解釈をされています。それは古事記学会の定番の解釈ですが、そういうふうな絵本にえがかれるような解釈をしているだけでは、この物語の豊かさ、複雑さは、多くの読者に見えてこないのです。

八十神たちは本当に「迫害」をしていたのだろうか――オオアナムヂの試練と再生の物語

このあと、大穴牟遅神の受難の説明が続きます。大穴牟遅神は八上比売と結婚することになり、そのために八十神たちが、大穴牟遅神を殺そうと企んだからです。しかし、もしそういう動機で、八十神が大穴牟遅神を殺そうとしていたのだとしたら、それは奇妙な動機だと言わなくてはなりません。というのも、ここで、もし大穴牟遅神が結婚を辞退したら、次に八十神の中から結婚相手を一人（一柱）選ばなくてはならなくなります。そうなると今度は八十神たちの間で、殺し合いをしなくてはならなくなるからです。ですので、物語としては「大穴牟遅神が八上比売と結婚したため」という理由になっていても、実際はもっと違った理由で、八十神は大穴牟遅神を追い詰めていたと考える必要があります。

さて、物語の中で八十神たちが企んだことは、山の上から「赤い猪」を追い落とすから、下でそれを受け止めよというものでした。しかし、実際は「赤い猪」の代わりに、「焼けた赤い岩」を落としたので、それを受け止めた大穴牟遅神は死んでしまったというのです。「赤い猪」と「焼けた赤い岩」を間違えて受け止めるなんて、よっぽどの間抜けか、頓馬だとしかいいようがありません。その直前までは、兎を治療した思慮深い神様と持ち上げられていたのに、今度は一転して、頓馬で間抜けな神様になる、などということがあり得るのでしょうか。

山の上から、焼けた岩を落とすというのは、実際にどういう光景か、イメージできる人がいるのでしょうか。普通の発想ではできないと思います。山の上で岩を真っ赤に焼くというのは大変ですし、その焼けた岩を山の上から転がそうというのは、もっと大変だからです。実際にやろうとしたら、大変な作業となるでしょう。しかし、この場面を、山の斜面を利用した「山の鍛冶」のようなものとして考えれば、自然風を生かして「焼けた岩」を作るという光景は考えることができます。この場合の大穴牟遅神とは鉄材と考えるとよいと思います。先の場面では、兎が鉄材であったように、今度は大穴牟遅神自身が鉄材のイメージを担っているのです。そう考えると、大穴牟遅神が、焼けた岩で溶けて、熔鉄となって、元の姿を失ってしまうという設定は理解できないわけではないことがわかります。鉄材の試練です。

物語では、溶けて形を失った大穴牟遅神を見た母神たちが哭きながらやってきて（ここでの「なく」という表記が金属音の「哭く」となっているところには注意をすべきです）、溶けた大穴牟遅神をかき集めて、「麗しい壮夫《おとこ》」に再生したというのです。鍛冶場ではこういうことは当たり前のように起こります。古事記が前提にしている「修理固成」というあり方がここでも実践されているわけです。つまり、鉄の素材は、火で焼かれ、溶かされ、再び麗しい鉄として再生されてゆく、という実践です。大穴牟遅神を再生させた女神は「母神」と「貝の神」でした。その女神たちがやってきて、溶けた体をかき集めて（その上で母乳を塗って）、再生させたというわけです。なぜこんなところに「母神」や「貝の神」が出てくるのかと思われるかもしれませんが、理由がないわけではありません。

古代では「かい／かひ」は「かひ／貝」なのですが、「かひ／殻」や「かひ／卵」をも意味していたとされています。（白川静『字訓』）。つまり、中が空洞の「聖なる子宮」を持ったものが「かひ（貝・殻・卵）」であって、その「聖なる子宮」を持った「母神」や「貝の神」に、大穴牟遅神が助けられたというわけです。

こういうふうに考えると、八十神はただ意地悪をしたとか、八上比売との結婚の逆恨みをした、というような理由で、大穴牟遅神を「殺そう」としたのではないことがわかります。八十神たちは、大穴牟遅神を作り直ししようとして試練を与えていることがわかるからです。「鉄」は、何度も火にかけられて「強く」「たくましく」なってゆくからです。

このあと、八十神たちは、さらに巨木の割れ目に大穴牟遅神を誘い込んで、挟み殺してしまいます。こういう策略にまんまと乗る大穴牟遅神も間抜けなことだと思わないわけにはゆきません。多くの研究者が、褒めてきている偉大な医療の神様にしては、あまりにも見え透いた策略にまんまとひっかかるのですから、あきれるしかありません。しかし、こうした「木の割れ目に大穴牟遅神を誘い込んで殺す」という情景も、実際にはどういうものか、考えてみなければなりません。

普通の人間であれば、いくら誘われるからといって、そんな木の割れ目にのこのこと入り込むなどということは考えられません。ましてや神様が、そんな誘いにまんまと乗ってしまうなどということなどは想定できません。しかし、大穴牟遅神は、その誘いにのって死んでしまったというのです。

この物語は、しかし本当はそんな大穴牟遅神の愚かしい話を描いているのではなく、古事記として訴えたいもっと違う話を描いているはずなのです。ここでも注目すべきは、「強い鉄」「硬い鉄」「優れた鉄」を手に入れて国作りをするという、古事記の狙いです。そうすると、八十神の赤く焼けた岩で、鍛え直された大穴牟遅神は、「麗しい壮夫」となって再生したが、本当に使い物になる「強い鉄」になったのか、さらに試してみないといけないことになります。そうして、ここでの八十神の次の企みを見てみると次のように描かれていました。

「大きな樹を切り倒し、割れ目に差し込むくさびをその樹に打ち込み、その割れ目の中に大穴牟遅神を入らせて、とたんにそのくさびを打って抜き、打ち殺した」

この場面で、わかるのは「割れ目」と「くさび」の存在です。古代では、木を割ったり、岩を割ったりするのに、鉄のくさびを打ち込んでやったものです。それができるためには、そうとう硬い鉄がなければなりません。ここでは、木に割れ目を作るためにくさびを打ち込んだということになっています。八十神は相当硬い鉄のくさびをもっていたということになります。そしてできた割れ目に、大穴牟遅神を入れて、くさびを抜くと、大穴牟遅神ははさまれて死んでしまったというのです。

ここでもし、大穴牟遅神が硬い鉄であったとしたら、八十神のくさびに負けずに、しっかりと割れ目の中で生きていたはずです。でも、硬さがなくつぶされてしまったというわけです。そこでまた「母神」が哭きながらやってきて(ここでの「なく」という表記も、金属音の「哭く」となっているところには注意をすべきです)、「その樹を裂いて取りだして生き返らせた」と物語はなっています。おせっかいな母、マザコンの息子と解釈されることもある場面です。しかし、実際のこの場面は、八十神の鉄のくさびに負けるほど硬さのない鉄として大穴牟遅神がいたという描写になっている場面なのです。せっかく「母神」と「貝の神」が「麗しい壮夫」にしてくれたものの、まだまだ「国作り」をするほどの強く硬い鉄にはなっていなかったということなのです。

ここで物語が、わざわざ「木の割れ目」の大穴牟遅神を誘い入れたとしているところには注目すべきです。というのも、この「割れ目」は女性の性器でもあるようにイメージさせているからです。大穴牟遅神は、この女性の性器に入るように誘われたのです。しかし、入ることは入ったのですが、ぺしゃんこにされて、強度を保つことができなかったというのです。本来であれば、「割れ目」の中で、しっかりと硬さや強さを保たないといけないのに、ふにゃけてしまったのです。そこへ「母神」がまたやってきて、「割れ目」からふにゃけた大穴牟遅神を取りだして、また生き返らせてくれたというのです。役立たずというか、情けない展開ですが、古事記のユーモアのセンスのうかがえる場面です。

ところで、三浦さんはこうした大穴牟遅神の「試練」をこのように書いています。

心やさしく医術の知識もあるオホナムヂも、最初からヒーローだったわけではありません。八十柱もの兄たちから使用人のようにこき使われていました。兎のそばを通りかかった時も、オホナムヂは大きな袋をかついで、お兄さんたちの荷物持ちをしていたのです。（略）

しかし、正しい心をもったオホナムヂにはたくさんの援助者があらわれます。その援助のほとんどが母や妻によるものだったことは、出雲が母系を重んじる社会であったことをあらわしているのかもしれません。（略）

最初の試練は、オホナムヂに感謝したシロウサギが「あなた様こそ、ヤガミヒメを妻になさることができるでしょう」と予言したとおり、美しいヤガミヒメの心を射とめてしまったことが原因になりました。八十の神々はみな「われこそは」と思っていたので、嫉妬に怒り狂ったのです。

それは、たいへんむごい仕打ちでした。お兄さんたちは「山に赤いイノシシがいる。おれたちは山の上から追い落とすから、おまえは下で待っていて捕まえろ」と言って、真っ赤に焼けたイノシシの形をした岩を転がし落としたのです。そうとは知らぬオホナムヂは下で待ち受けていて、灼熱の岩をまともに抱き取り、ぺちゃんこに押しつぶされて死んでしまいました。

母神がそれを知って悲嘆し、高天の原にいるカムムスヒに助けを求めます。（略）

ウムギヒメ（蛤《はまぐり》の女神）とキサガヒヒメ（赤貝の女神）の二人を遣わし、オホナムヂの母神と協力してオホナムヂを蘇生させます。（略）

ひとまずはめでたしです。しかし、試練はまだ続きます。八十の神々はオホナムヂが死ななかったことを知ってさんざんくやしがりました。そこでまた策をめぐらし、大樹の幹をタテに割ってこしらえたワナを山の中にしかけました。そして、オホナムヂをだまして連れ出し、ワナの間にはさんで殺してしまいました。これまたひどいやり口です。するとまた母神があらわれ、幹を裂いて引っぱり出し、命を復活させます。

三浦佑之さんの「説明」は一見すると古事記の物語をそのまま現代語で説明し直しているかのように見えますが、それでも三浦佑之さん独特の主観と解釈で着色されているのがおわかりいただけるかと思います。大事なことは、どの解釈が「正しい」ということではないのですが、物語が多義的に読めるという、そのいくつもの多義的な読み方をもっと読者に伝えることだと思います。事実、ここで村瀬の示した解釈と、三浦佑之さんの示した解釈をつきあわせていただくと、こんなにも違ったふうに物語が解釈されるのかときっと驚かれたと思います。そして何よりも、大事なことは、村瀬の解釈では、「ワニ」も「八十神」も、三浦さんが解釈されているような「悪者」として存在していないというところです。そもそも古事記はそんな、意地悪なものと優しいものとの対比を描くような、牧歌的な道徳物語として作られているわけではなかったからです。

根之堅州国の物語

このあと母神は、大穴牟遅神を紀国《きのくに》から根之堅州国《ねのかたすくに》に逃れさせます。実際は、この弱い鉄をさらに強くするために、試練に出したと考えるのがよいと思います。名前も「堅い国」ですから、きっと大穴牟遅神を「堅い鉄」に鍛え直してくれるのでしょう。そこでの話は、紙面の枚数の関係もあってか、三浦佑之さんは詳しく触れられていませんので、私もここでは触れませんが、興味深い展開になっています。三浦佑之さんは、この物語の最後の根之堅州国を脱出する場面にだけ少し触れています。それは大穴牟遅神がスサノオの娘を背負いスサノオの刀と弓矢を琴を持ち出して、根之堅州国を脱出しようとする時の場面です。古事記はその時に「琴が樹に触れて大地が揺れるように鳴ったというのです。そもそもスサノオは金属の神でしたから、彼のもつ刀も弓矢も琴も、優れた金属だったと考える必要があります。それを持ち出して逃げだそうとしたわけですから、その時に、天地を鳴らすように鳴り響いた音は、金属音が鳴り響いたと理解するのが自然です。ですので、根之堅州国の「ね」というのは、すでに指摘してきたように、「根《ね》」と書かれてはいても「音《ね》」でもあることが理解できると思います。大穴牟遅神は「音」の出る金属の国にいて、その強い金属の力を得たというふうに物語は作られていたのです。

結果として、大穴牟遅神は、このスサノオの持つ「金属の力」、特に「刀や弓矢」という「武力」を得て、ようやく国作りをする「大国主」になることができてゆきます。古事記にははっきりと、スサノオが「お前の持っているその刀、弓矢で、お前の兄弟を追い払え」と大穴牟遅神に言ったことが書かれています。つまり「武力」で向かう敵を制圧しろとスサノオは言ったのです。そしてその通りにして、「初めて国を作った」と書いてあります。「国作り」には「金属の力＝武力」が必要だったのです。その最後の場面について、金属や武力には一切触れずに、三浦佑之さんは、次のように書いています。

以上、オオナムヂの神話は、ひ弱な少年が試練をくぐり抜けて徐々にたくましくなり、やがて立派な統治者になるという成長物語の典型であることがわかります。その途中のさまざまな試練は、地上の王になるための通過儀礼であったと言えるでしょう。

しかし、大穴牟遅神の物語は、決してひ弱な少年がたくましくなるというような、そんな「人間の成長」をもじった物語ではなかったのです。

大国主の国譲り　なぜそこまでして高天原は大国主を支配下におきたかったのか

大穴牟遅神が大国主命になってゆく物語は、「強い鉄の力」をつけてゆく神の物語です。そのために、八上比売、スセリヒメ、沼河比売、と結婚を重ねながら進む物語になっているのです。今風の感覚で言えば、そんなに何人もの比売と結婚をくり返して……と非難を受けるような話になるのかもしれませんが、もちろんそういう物語ではありません。大穴牟遅神の物語は、さらなる「強い鉄の力＝武力」を求めて国作りを進める「物語」であると同時に、地方の豪族の比売との結婚を通して、地方の勢力を支配下に置く国作りの物語にもなっているからです。そこに大穴牟遅神が大国主になってゆく物語があるのですが、しかしそういう物語を描きつつも、古事記はそういう大国主の勢力拡大には警戒心を示します。そして、大きくなりすぎる大国主に歯止めをかけようと考えます。それがこのあと続くことになる「国譲り」の物語です。

実際には、せっかく大国主が苦労して作った国を、今度は高天原の支配下におこうとする物語が展開されます。何度も殺されては再生しながら、大国主が「国作り」をしたのだから、それでいいではないか、何が不服なのかと、読み手は思うのですが、古事記の物語では、大国主の「国作り」ではダメだというわけです。そのために、「国作り」を果たした大国主の元に、高天原から使者を送ります。一度、二度と、使者を送るのですが、使者は大国主の国を気に入って住み着いてしまい、高天原に戻らず、その使命を果たさないことがわかります。それで、高天原の神々は思案して、三度目の使者を送り、その神によって、ようやく大国主を支配下に収めることになります。ここは、何としても大国主を支配下におきたいという高天原の思いがよく伝わってくるところですが、ではなぜそんなにまでして高天原は大国主を支配下におきたかったのかということが気になるところです。

三度目にやってくる「建御雷神《たけみかづちのかみ》」の古事記の描写は特異なものです。出雲のイザサの小浜という海辺で、波の上に逆さに立てた剣の先にあぐらをかいて座って、大国主に国を譲るように迫ったのですから。このアクロバットのような姿勢は印象的なので、しばしば絵画や漫画にもよく描かれてきました。確かに一見すると、剣の先に座るなんて、想像すらもできない姿勢ですが、しかしこれに似たようなことをしている者はいます。それは「鳥」です。鳥が木の上に止まるような光景なら、私たちはよく知っています。でも、この「鳥」について、私たちは古事記の中でどのようにイメージされているのか、十分に教えられてきたとは言えません。ちなみに言えば、この建御雷神が地上に派遣されるときに、添えられていたのは「天鳥船神《あまのとりふねのかみ》」でした。「鳥のような船」に乗って降っていたということなら、これはこれでわかりにくいわけではありません。しかし、古事記が描く「天鳥船」は、空を飛ぶ「鳥」のイメージだけではない、どこか不気味なイメージを持っているのです。それはぜひ知っておきたいところです。

実はすでに「鳥」のことは見てきています。それは火の神、カグツチが生まれるその直前に、「天鳥船《あまのとりふね》」と「大宜都比売神《おほげつひめのかみ》」が生まれているところでです。つまり、「火」を生む話に「鳥」がセットで登場しているのです。さらに、物語としては、これも前の話になるのですが、スサノオが高天原から「追放」されて「地上」へやってきたという物語の中で、彼は「出雲国の肥の河の上流の鳥髪という地に降った」とされていました。「八千矛神」の話の中にも「鳥」は重要な役割で何度も出てきます。

従来から「鳥」というのは、稲作文化の中で「霊魂」の

象徴のようにみなされ、しばしば木の上に鳥が止まってい
る彫り物が考古学的に出土したり、「鳥居」のように今でも
神社に残っているものもあり、「霊魂」あるいは「死者の魂」
と「鳥」が結びつけられることが多くありました。ですので、
古事記の中巻になりますが、ヤマトタケルが亡くなった時に、
「鳥」になって飛んでいったという場面も、「死者の魂」と
「鳥」が結びつけられて説明されてきたものでした。それは
「鳥霊信仰」とも呼ばれてきていました（平林章林『鹿と鳥の
文化史』）。

確かにそういうふうに見られてもよい面はありますが、別なふうに「鳥」がイメージされてきている面も古事記にはあるのです。そしてその側面は、ほとんど注目されないままに今日まできています。その古事記ならではの例は、先に取り上げた火の神の出現のところです。この場面は「鳥」と「食物」と「火」が、とても近いイメージで見られていました。なぜ「鳥」「食」「火」が近いものとして想定されていたのか。

ここは「詩学」としてみた場合に、とても興味深い大事なところです。というのも、古事記で「食」というのは、再三見てきたように鍛冶場の「炉」に入れる鉄材のことでした。と、いうことになれば、「鳥」も、「鉄」に関わる存在なのではないかということが予想されてきます。そういう意味でみれば、古事記ではありませんが、鍛冶の神、金屋子神は、白鳥に乗って飛んできたという言い伝えも興味深く見えてきます。いったいなぜ重く固い「鍛冶の神」が、「鳥」のような軽くて柔らかいものに例えられてきたのでしょうか。それは、重さや軽さのような比較ではなく、もっと根本的なところに理由があるように思われます。その理由とは、この「鉄」のもつ秘められた力に原因があるように私には思われます。

「鉄」は詩的に表現すれば「飛ぶ」のです。重さに目が行けば「飛ぶ」ことには結びつきませんが、「鉄」のもつ、秘められたエネルギー、その何十人分をも賄う馬力と破壊力に注目すれば、それはまさに「飛ぶ」というイメージで表わすのがぴったりしてくるのです。この「鉄」が本当に「鳥」のように「飛ぶ」ものとして現われるのは「鉄砲」や「飛行機」を待ってのことですが、「鉄の力」を知り始めた古代の人たちには、すでに、鉄砲や飛行機を予感させる「飛ぶエネルギー」を比喩的に感じ取っていたのではないかと私は思います。かつて一九六〇年代に放映されたテレビシリーズ『スーパーマン』では、「空を見ろ！　鳥だ、飛行機だ、いや、スーパーマンだ！」というキャッチフレーズを使っていました。鳥と飛行機と鉄人が、三者並んでイメージされていたのです。しかし「飛ぶエネルギー」というのは、「鳥」や「鉄

砲」や「飛行機」のように「空間を飛ぶ」というようなイメージだけでとらえられるものではありません。

そうではなくて、「飛ぶ力」というのは、実は「時間―空間」をうんと縮めてしまうような力のことを言っているからです。たとえば、大きな丸太を倒して家を作る、船を作る、ということを考えてもらってもよいと思います。かつては素手や石の斧のようなもので、そういうことをしていたのでしょうが、鉄器が生まれ、ノコギリやノミができると、なんと時間が短縮され、人手も少なくして、木を切り倒し、加工することが可能になっていったことか。そういう人間が、素手や石でやっていた活動の「時間と空間」をうんと縮めることができる力を、「鉄」あるいは「鉄器」がもっていることを古代人はよく認識していたのです。その認識を何かに例えるとしたら、それは「鳥」のように「飛ぶ」ということに例えるしかなかったと思われます。ですので、古事記の中で使われる「鳥」は弥生時代から続いてきているような「鳥霊信仰」の延長で理解しているだけではダメなのです。古事記の時代の「鳥」は「時間―空間」の両方を「飛ぶ」ものとして、つまり「時間―空間」を縮めるものとしてイメージされてきていたのです。ですから、「鳥霊信仰」のような「鳥」の理解だけでは、火の神の生まれるときに、なぜ「鳥」と「食」と「火」がセットになって描かれているのか、説明できないのです。

鳥が鉄と関わりがあるという理解を踏まえて、先ほどの「建御雷神《たけみかづちのかみ》」の話を見てみると、この神は「天鳥船」とともに高天原からやってきて、出雲のいなさの小浜で、波の上に逆さに立てた剣の先にあぐらをかいて座って、大国主に国を譲るように迫った、となっています。鳥と剣と国譲りがセットになっていることがわかります。「建御雷神」は「武力の神」という設定なのです。

この神が、大国主の子どもに次々と国譲りを求め、最後に「建御名方神《たけみなかたのかみ》」と争う場面が描かれます。三浦佑之さんの説明では、次のようになっています。

オホクニヌシにもう一人息子がいると聞いたタケミカヅチの前に、その息子タケミナカタ［建御名方］が勇猛な姿で登場します。豪胆な性格のタケミナカタは「どうだ、おれと力比べでもしないか」と手を握ると、タケミカヅチは自分の手をツララに変え、次に刃《やいば》に変えて脅かします。タケミナカタが驚いて手を引っ込めると、タケミカヅチはさらにタケミナカタの手をつかんで、怪力で握りつぶし、体ごと放り投げてしまいました。タケミナカタは恐れをなして東のほうへ逃げ出します。タケミカヅチはさらに後を追いかけて科野（信濃）の国の州羽湖（諏訪湖）でついに降伏させます。タケミナカタはひれ伏して臣従することを誓いました。

タケミカヅチ［建御雷神］とタケミナカタ［建御名方神］、似たような神名なので区別しにくい神です。意図的に、似たような神名にしているところも見られます。というのも、二神には「建」がつくので、共に「武力の神」であることは同じだからです。ということは、ここで高天原の「武力の神」と、出雲の「武力の神」をあえて対峙させているということになります。結果は、もちろん「建御雷神」が勝つわけですが、その勝ち方は、三浦佑之さんの説明されている通りです。ただこの説明では「力比べ」をしているだけのようになっていますが、実際は金属の力＝剣刃＝武力の誇示をしているところをきちんと読み取らなくてはなりません。そしてここではっきりとわかることは、一見すると出雲の国譲りのように見えている物語が、実は出雲―越―諏訪というふうな日本海から信州にかけて、高天原の支配が及んでいるところを読み手に意識させようとしているところです。その理解は三浦佑之さんと私は同じです。

日本書紀にはない出雲神話

古事記と日本書紀の比較をすることなどは、私の知識の許容範囲を越える分野なので、なんともいうことができないのですが、三浦さんの表にして出されている次のページの資料を見ても、古事記にあって日本書紀にないのが「出雲の物語」であることはわかります。となると、どうしてないのだろうということが当然気になります。三浦さんの理解される立場ははっきりしています。日本書紀は、すでに出雲など地方の豪族たちを大和政権は制定してしまっていて、あえて、ことさらに、物語の中に「出雲の国譲り」などの話を取り入れる必要性などなかったからだが、古事記はそうではなく、出雲の政治勢力は大きくて、ヤマト政権が出雲を制定し支配下に置くために、大変苦慮したことを物語に残す必要があったためだということになっています。

それはそうであったかもしれませんが、歴史的背景と物語を結ぶことは簡単にはできません。出雲の政治勢力と、ヤマト政権が争って、ヤマト政権が「勝った」ことは、結果としてはわかりますが、大きな戦争があったというような記録があるわけではありません。わかっているのは、出雲に大き

古事記と日本書紀の神話の構成対照表

●:古事記とほぼ一致　△:内容に違いはあるが対応している　×:対応する神話がない

古事記に出てくる神話	日本書紀での有無 正伝（本文）	日本書紀での有無 一書（異伝）	舞台	舞台
◎イザナキとイザナミ				
天地初発・オノゴロ島	●	●		地上
キ・ミの島生み／神生み	●	●		
イザナミの死とイザナキの黄泉の国往還	×	●		
イザナキの禊ぎと三貴子の誕生	△	●		
◎アマテラスとスサノヲ				
イザナキの統治命令とスサノヲ追放	●	●		高天の原
スサノヲの昇天とアマテラスの武装	●	●		
ウケヒによる子生み	●	●		
スサノヲの乱暴	●	●		
天の岩屋ごもりと祭儀	△	●		
◎スサノヲとオホナムヂ				
五穀の起源	×	△	出雲神話	出雲（葦原の中つ国）
スサノヲのヲロチ退治	●	●		
スサノヲとクシナダヒメの結婚	●	△		
スサノヲの神統譜	×	△		
オホナムヂと稲羽のシロウサギ	×	×		
オホナムヂと八十神	×	×		
オホナムヂの根の堅州の国訪問	×	×		
葦原の中つ国の統一	×	×		
◎ヤチホコと女たち				
ヤチホコのヌナカハヒメ求婚	×	×		
スセリビメの嫉妬と大団円	×	×		
オホクニヌシの神統譜	×	×		
オホクニヌシとスクナビコナ	×	●		
依り来る神・御諸山に坐す神	×	●		
オホトシ（大年神）の神統譜	×	×		
◎国譲りするオホクニヌシ				
アマテラスの地上征服宣言	△	×	国譲り神話	
アメノホヒの失敗	●	×		
アメノワカヒコの失敗	●	●		
アジス（シ）キタカヒコネの怒り	●	●		
タケミカヅチの遠征	●	△		
コトシロヌシの服従	△	×		
タケミナカタの州羽への逃走	×	×		
オホクニヌシの服属と誓い	△	×		
◎地上に降りた天つ神				
ニニギの誕生と降臨	●	●	日向神話	日向
サルタビコとアメノウズメ	×	●		
コノハナノサクヤビメとイハナガヒメ	×	●		
コノハナノサクヤビメの火中出産	●	△		
ウミサチビコとヤマサチビコ	●	●		
トヨタマビメの出産	●	●		
ウガヤフキアヘズの結婚	●	△		

『100分de名著　古事記』（p.61）の表を参照して作成

な政治勢力があったということと、その勢力がヤマト政権に制定されたという事実で、その間にどのような「国譲り」があったのかわかりません。そのわからないところを古事記は物語にしているので、その点がとても重要なのだと三浦さんは考えておられるのだと思われます。私もそういう見解を否定するものではありません。しかしそう考えたとしても、この出雲の物語に登場するスサノオや大穴牟遅神の話、大国主の国譲りの話は、出雲の政治勢力の制定の物語化にしては、どこかしら情けない、子どもじみた展開の物語になっていることは否めません。もちろん、制定者がわざと制定した相手を戯画風に描いていることも考えられますが、何かもっと違ったところに意図があったようにも思えるのです。

私たちの見てきたところを振り返れば、出雲の物語は、少しずつ「強い鉄の力」をつけてゆく神々の物語であったことがわかります。そこには「技術」の習得の過程があったはずなのです。三浦佑之さんは、そういう力が、ある時代に「出雲」を中心に広がっていたのではないかと考えておられると思います。その点は私も同じです。

ところで、この一覧表を見てわかるのは、古事記と日本書紀の違いというのは、「稲羽の素兎」「八千矛神」「根之堅州国」「大国主の国譲り」などです。「八千矛神」の歌謡は詳しくは取り上げておられないので、私も触れませんが（村瀬学『徹底検証　古事記』参照）、こうした、「稲羽の素兎」や「大国主の国譲り」の物語は、武力としての国譲りを物語化していることはわかります。わかりますが、そういう理解だけでは、大穴牟遅神や大国主の描き方は、英雄の描き方とはほど遠く、国譲りをしたにしては何かしら頼りない物語を描いているように見受けられます。ということは、ただ、出雲に武力を持った勢力がいて、そこを支配下に置いた物語を古事記は記録として残そうとしただけとは考えにくいのです。もちろん、国譲りを持ちかけたが、相手は、心優しいけれど、頼りない、武力としても弱い神だったということを、あえて描こうとしていたのだ、というふうに考えることは可能です。でも、そんな回りくどいことを書くだろうかとも思われます。

「修理固成」について

いろいろ考えると、兎と鰐の話から、恋歌のような話まで含めて、「出雲神話」と呼ばれる話は、物語としてはいかにも子どもだましのような見かけをもっているにしても、共通してみられるのは、何かが形を変え、現われ直すような展開の物語になっているところです。その特徴を一言で言えば、

「修理固成」の物語ということができるように思われます。

この言葉は実は古事記の中でも最も重要な言葉として使われているものです。この言葉を何と読み下せばよいのか研究者でも異論のあるところです。岩波文庫では「修《おさ》め理《つく》り固《かた》め成《な》せ」と読み、西郷信綱氏は「修理《つく》り固成《かた》めよ」と読み、新潮社版では「修理《おさ》め固《かた》め成せ」とし、「整え固めて完成せよ」と読み下し、小学館版では「修理《つくろ》ひ固《かた》め成せ」とし、現代語訳では「あるべきすがたに整え固めよ」としています。三浦さんは『口語訳　古事記』で「この漂っています地《くに》を、修めまとめ固めなされ」と書かれていました。どれにしても、そんなに違いがあるようには見えないかもしれません。しかしこの訳に研究者がこだわってきたのには訳があるのです。

それは、「修理固成」の「修理」を今風に「しゅうり」というふうに読めば、すでに手直しすべきものが、先にあったということになります。「修理《しゅうり》」では、すでに何かがあって、それを元に修理したというふうに読まれてしまうのです。つまり、オリジナルなものは、あらかじめどこからかやってきていて、それを「修理」して使うような意味になってしまいます。なので、なんとしても「修理」を「しゅうり」と読むことは避けたい。そういう暗黙の了解が日本の研究者達の間にずっとあったのではないかと思われます。

天地が始める前に、手直しすべきものがあったというのは、おかしなことになります。ですので、この「修理」という字は「しゅうり」と読まさないために、一字ずつ「修」と「理」に分けて、「おさめ」「つくり」と読ませるように苦心していたのです。「修理」と二字続けて読む場合も「しゅうり」ではなく「おさめ」とあえて読むようにしてきました（ちなみに言えば朝日新聞社版『日本古典全書　古事記上』（一九六二）では「修理《しゅうり》して是のただよえる國を成すに因りて」と訳していました）。もちろん、そういうふうに読むためには、たくさんの文献が比較され、それぞれの根拠があって研究者たちは、自分の読み方を主張されてきています。たとえば別の書物に「修理」と書いて「乎佐女《おさめ》」と読ませているのがあるのだから、「修理＝おさめ」と読むことが正しいのだと主張されたりもしてきました。ですから、素人がとやかく言うことはできないのですが、それでも、素人なりに感じるのは、この言葉だけをとらえて意味を論じるのもよくないという感覚です。

私は、古事記の物語が、この「修理固成」を物語にしていると感じますし、とくに「稲羽の素兎」などの「出雲神話」は、この「修理固成」を実践する物語になっているのをはっきりと感じます。そうすると、古事記にあって日本書紀にないものは、まさに「修理固成」の発想の物語ではないのか、という思いが出てきます。私はこの「修理《しゅうり》」という発想を、多くの古事記研究者が否定的に捉えてきたようには受け止めません。むしろこの「修理固成」という言葉は、現在の「技術＝テクノロジー」という概念に相当するとても大事な言葉だと考えています。この「修理固成」の技術を倭国に導入してきたのが、朝鮮半島と係わる筑紫―出雲―越、と連なる日本海文化であって、その技術獲得の重大な意味は、日本の歴史を書き記すときにも忘れてはならないと古事記の編者は考えていたのだろうと私は思います。この海外の最新の技術の受け入れと、それを使った新しい技術の開発は、いつの時代でも「国作り」のためには欠かせないことだったからです。技術伝授の物語化、それが「出雲神話」ではなかったのかと私は思うのです。

すでに見てきたように、「国作り」がはじまる前に、高天原には「矛」が存在していて、それでもって、「漂える国」を「修理固成」しなさいとイザナキたちは指示されていました。ですから、どこからどう読んでも、はじめに未定形のどろどろ状態があるのではなく、すでにはじめに「矛」のような製品があって、それでもって、まだ未定形の国を固め成すことをしなさいといっていたわけです。多くの研究者の懸念は、ただこの「修理固成」という四字だけをとらえてその読み方を議論してきていたわけですが、本当はその言葉の使われる物語の読み方が問題だったのです。

ですから、物語に沿って読めば、未定形の国を修理固成することはもとより、高天原のもっていた「矛」そのものも「修理固成」の対象物になっていることは見えてくると思います。

こうしてみてくると、この「修理固成」こそが、今日で言うところの「技術」ではないかという理解が出てきます。どこからか得たものを、自分たちの暮らしのために貪欲に「修理」し、自分たちの暮らしに合うように「固め成す」という心意気、そこに「技術」の課題が出てきます。古代においても、その「修理固成＝技術」の、最も必要なものは「鉄の加工技術」であったと私たちは考えなくてはならないのです。

しかし、その「鉄」は従来から考えられているほどには国内で量産できていたわけではなく、中国―朝鮮半島から、「鉄になった板」を輸入し、それを修理加工して、倭国でさまざまな製品を作り固めていたわけです。まさに古事記の言うような「修理固成」が倭国で行なわれていたのです。

私はこの「修理固成」の中に「日本語の文字表記」の問題も入れるべきだと思っています。「中国語の漢字表記」は、日本書紀ではそのまま生かされて使われていますが、古事記では、その「中国語の漢字表記」をそのまま使うのではなく、まさに日本語としても読めるように「修理固成」しようとしています。国の制度も、中国の律令制度を参考にしつつ、それを「修理固成」して、倭国で使えるものにしています。古事記の独自性というのは、そういう意味で「出雲神話」のところだけにあるのではなく、さまざまな分野（文字や法）での技術革新、つまり「修理固成」が実践されていたところに求められるべきだと私は考えます。

豊かな「日本海の文化」について

そうした技術革新＝修理固成が、かつては「出雲」を中心にした日本海文化の中で育まれていた時代があったと私は思いますし、三浦さんも、こう書かれています。

> 諏訪の北には安曇野《あずみの》と呼ばれる土地がありますが、これは、宗像氏《むなかたし》という一族とともに、北九州に本拠を置く、海運や交易を業《なりわい》とする海の民、安曇氏が川を遡って住み着いた土地とされています。さらに、タケミナカタの「ミナカタ」は、宗像氏の「ムナカタ」につながるのかもしれません。このような歴史的事実が、古事記の出雲神話の中に色濃く反映されているのです。
>
> また、これらの地域は日本海の海流に乗れば朝鮮半島とは指呼《しこ》の間ですから、当然交流があって、鉄のインゴット（鉄鉱石を溶かして塊にした製鉄の原料）なども豊富に入ってきました。出雲周辺には古代の製鉄遺跡が多く見られますが、当時の日本列島では鉄鉱石の採掘はまだできなかったので、出雲は他地方にまさる先進地帯でした。この点から、ヤマタノヲロチは製鉄のカンナナガシ（鉄穴流し）の象徴であると見る意見もあります。
>
> 日本海側は時に「裏日本」とか「山陰」と呼ばれ、暗いイメージをもつことがありますが、かつては日本海側のほうが明るく進んだ「表日本」だったのです。

私は、図そのものはわかりやすくできていると思います。そして、この「説明」の文章には、初めてといってよいほど、「鉄」についての考察が出てきています。しかしこの「鉄」の考察は、指摘されるだけにとどまり、根本的な問題として受け止め展開されることはありません。ただ申し訳程度に、「ヤマタノヲロチは製鉄のカンナナガシ（鉄穴流し）の象徴であると見る意見もあります」というふうに書いて済まされているだけです。「見る意見もあります」という書き方は、自分はそういう見方には全然関与しないということをいっておられるように読み取れます。

ただ、ここで三浦佑之さんの書かれていることは、私もそう思います。筑紫（北九州）—出雲—高志（現代の北陸）と続く日本海文化と呼ばれるような文化圏が、ある時代に大和政権から強く意識されていたと思われるところです。そして、そうした日本海文化は、朝鮮半島との防衛ラインが意識される場所であると同時に、交易ラインが意識される場所でもあり、日本海から北陸（若狭、越前、加賀を含む）から琵琶湖に入り、奈良へ続くルートが、大和政権にとっては重要な交易ルートとして意識されていたことは確かだと思います。しかし、その「日本海文化」の説明をするのに三浦氏は、四隅突出型古墳や高志の奴奈川でとれるヒスイや、太い柱で社を作る巨木信仰を例に挙げるだけで、ここでも金属文化に触れることはほとんどされません。わずかに「『素環頭鉄刀』などが共通して出土しています」と半行触れられるだけです。しかし、すでに見てきたように、この日本海—琵琶湖—大和と続く交易ルートで活躍するのは「ワニ氏」であり、琵琶湖、近江でも「ワニ氏」の遺跡や、古代製鉄遺跡も多く発掘され、ヤマトにとって、日本海文化が鉄の文化でもあったことは、無視できないところだったと私は思います。

古事記が語る古層の世界

ところで、三浦佑之さんは、日本文化が「南方系アジア人（縄文文化）」と「北方系アジア人（弥生文化）」の混合でできていると考えておられます。「古事記を見ていますと、両者の文化が混じり合っている中にも、古層としての南方系／縄文系の文化の痕跡が濃厚に感じられるのです。南方系のルートが出雲や高志、筑紫などをつなぐ日本海文化圏のあり方とかなり一致しているからかもしれません」。

そして三浦さんは、南方系は「水平的な広がり」をもち、北方系は「垂直的な構造」をもち、スサノオの根之堅州国は南方系の世界観の特徴をもち、高天原—葦原中国—黄泉の国のような縦方向の関係を意識した世界観は北方系の特徴を持っていると「説明」され次のページのような図を示されています。古事記の時代になってまで、「縄文系」と「弥生系」の区別を持ち出して説明できることがあるのかどうか、私には疑問ですが、ただ三浦さんのような説明が成り立つには、「高天原—葦原中国—黄泉国」が「たての仕組み」「垂直の構造」になっているのが前提です。しかし私は「高天原—葦原中国—黄泉国」は「垂直」になっているわけではないことを

三浦氏による古事記の世界観

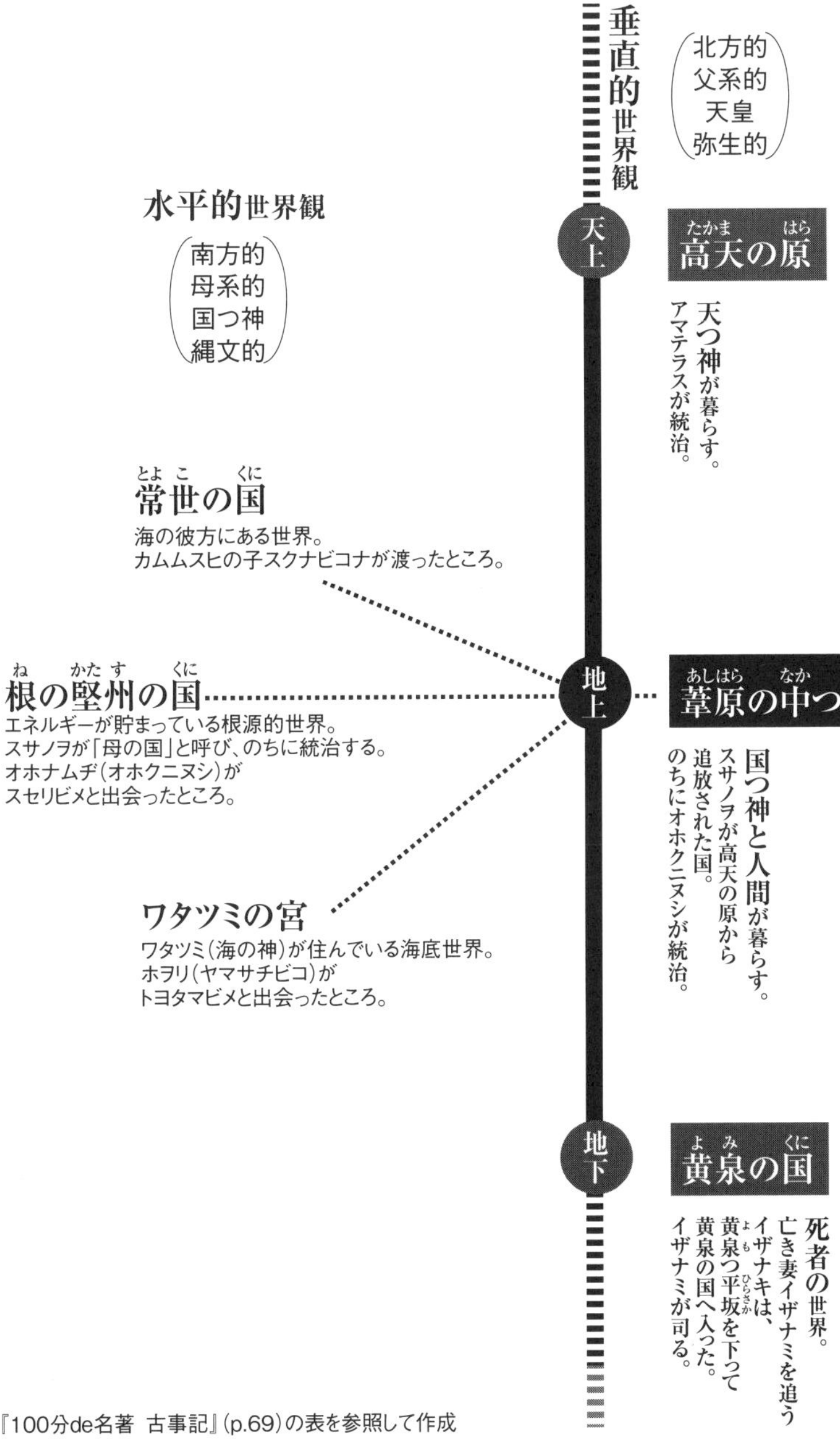
垂直的世界観
北方的
父系的
天皇
弥生的
水平的世界観
南方的
母系的
国つ神
縄文的
天上
高天《たかま》の原《はら》
天つ神が暮らす。
アマテラスが統治。
常世《とよこ》の国《くに》
海の彼方にある世界。
カムムスヒの子スクナビコナが渡ったところ。
根《ね》の堅州《かたす》の国《くに》
エネルギーが貯まっている根源的世界。
スサノヲが「母の国」と呼び、のちに統治する。
オホナムヂ（オホクニヌシ）が
スセリビメと出会ったところ。
地上
葦原《あしはら》の中《なか》つ国《くに》
国つ神と人間が暮らす。
スサノヲが高天の原から
追放された国。
のちにオホクニヌシが統治。
ワタツミの宮
ワタツミ（海の神）が住んでいる海底世界。
ホヲリ（ヤマサチビコ）が
トヨタマビメと出会ったところ。
地下
黄泉《よみ》の国《くに》
死者の世界。
亡き妻イザナミを追う
イザナキは、
黄泉《よも》つ平坂《ひらさか》を下って
黄泉の国へ入った。
イザナミが司る。

『100分de名著　古事記』（p.69）の表を参照して作成

見てきているので、私のような見方に立てば、「縄文系」と「弥生系」の区別は成り立たなくなります。

とくにタケミカズチが、「いざさの小浜」に降りてきた説明では、三浦さんはこういう風に「説明」されています。

天（高天原）からタケミカズチが降りてきて、垂直に立った剣にあぐらをかいて国譲りを迫りました。これは上下のヒエラルキーを強調した弥生的（ヤマト的）な権力構造と言えます。

その力によって、タケミナカタは敗走し、出雲から州羽（諏訪）へと逃れ、降参したというのです。図式的に言えば、北方系の人々の支配が貫かれることによって、それより古層にあった南方系のネットワークが終焉したことを象徴しているのかもしれません。

最後は「かもしれません」なので、断定はされているわけではありません。でも話の筋をそのままたどってみると、「筑紫（北九州）―出雲―高志（現代の北陸）と続く日本海文化」は南からの海流でつながっていて、言ってみれば「南方系の文化」で占められていたことになります。そして、そこにタケミカズチが垂直に降りてきて、出雲の大国主に国譲りを迫り、息子のタケミナカタを諏訪まで追い払ったということになります。しかしこの日本海文化というのは、南方系の文化というより朝鮮半島との交易を盛んにしていた文化圏でもあったはずで、そこでは単純には「大国主―タケミナカタ」は南方系、「高天原―タケミカズチ」は北方系などというふうには分けられないと思われます。三浦さんは、そういう見解を断定して言っているわけではない、と言われるかもしれませんが。

結論として、三浦さんは「これらの消えていった古層の世界を濃厚に伝えているのが古事記の神話ではないかと私は考えています」と書かれています。本当にそのような「南方系文化の古層」が古事記に残されている、と考えるべきなのでしょうか。むしろ、「鉄」を作る大事な「技術」のもつ最先端の問題が、この出雲神話に凝縮されている、と読む必要があるのではないか。私はそう感じてきました。日本書紀はこういう「技術」を、既成のものとする世界を描いているので、ことさら「修理固成」のための「技術獲得」を「問題」にする必要性がなかったというように読むこともできるのではないかと私は思っています。

五

「古事記の正体とは」の検証

ニニギとコノハナノサクヤビメの物語

大国主が国譲りをしたのちに、高天原からニニギが日向国に降りて、コノハナノサクヤビメと出会う話が語られます。三浦さんはこの話を紹介して、特に説明をしないで先に進んでいます。ページ数のこともあり、「説明」ができなかったのだろうと思われますが、特にこの話は、説明抜きでも読み手に紹介しておきたいと思われたからでしょう。それだけ印象的な話なのです。

「コノハナノサクヤビメの物語」の要点は二つあって、一つはオオヤマツミの二人の娘、「美しい妹のコノハナノサクヤビメ」と「醜い姉のイワナガヒメ」の二人を一緒に嫁に貰って欲しいとニニギに頼んだのに、妹だけを嫁にして姉を帰してしまったので、「天つ神の御子の寿命は、コノハナのように短いものになるでしょう」といわれたという話です。もう一つは、妻にしたコノハナノサクヤビメがすぐに子を宿したので、ニニギから自分の子ではないのではと疑われ、怒り悲しみ、産屋に火をつけてその中で出産することになる話です。いわゆる「火中出産」と呼ばれてきた物語です。

ともに三浦さんはコメントをしないで、紹介だけされています。しかし大事な話なので、ここで私の「理解」の説明をしておきたいと思います。『徹底検証　古事記』でも解説しているのですが、この話のまず注目すべきところは、大山津《おほやまつ》見神《みのかみ》と呼ばれる神の娘の話だというところです。この「山の神」は、普通に考えられてきたような、その辺にある「山」の神様というのではなく、特別な山の神、つまり鉄の採れる「鉱山の神」だということです。私は勝手な想像でそういうことを言っているわけではありません。すでに見てきた「ヤマタノオロチ」の話に出てきた「足名椎」は自らを「大山津見神の子どもです」とスサノオに紹介していました。この「足名椎」はのちに「足名鉄神」と呼ばれるところも見てきました。なので、そういう子としての「足名椎」が「鉄」のつく神になるということは、すでに親である大山津見神もその特質を持っていなければならないということです。大山津見神も、鉄の採れる鉱山の神だったのです。

ニニギの物語は、この鉱山の神、大山津見神の娘二人を、嫁に貰うことになる話なのです。ところがこの二人の娘は、姉の「石長比売《いわながひめ》」と妹の「木花之佐久夜毘売《このはなのさくやびめ》」に分けられていて、姉は「醜く」、妹は「美し」かったとされています。そして、妹だけを嫁にして、姉を帰してしまったので、大山津見は、そんなことをしたら、あなたの寿命は花のように短いものになるでしょうと言ったという話です。この話に似た話が、東南アジアに「バナナ型」の物語としてあるので、古事記はそれを使っているのだろうと言われてきました。三浦佑之さんも、そう考えておられます。しかし丁寧に物語を読むと、話は似ているだけで大事なテーマは別なところに置かれているのがわかります。

そもそも、大山津見神は「鉱山の神」なのですから、そこから産出されるもの（姉妹）も、鍛冶に係わる神として理解されなくてはなりません。そうすると、「石長比売」の「なが」というのは、「流る」と同根と白川静『字訓』で説明されているので、鉱山で採掘された岩を砕いて流す「鉄穴流《かんなが》し」に近いことがわかります。そうすると、その行程で生まれるものを「石流＝石長」比売と呼ぶのはそんなにおかしなことではないように見えます。さらに、そうして採取できた小さな鉱石を炉に入れて熱すると、パチパチと「火花」が出てきます。このきれいな「火花」に「木花之佐久夜毘売」と名づけるのもそんなに不思議なことではないと言えます。そうすると、鍛冶の現場では、この「石長比売」と「木花之佐久夜毘売」は、両方とも必要不可欠なものであることがわかります。どちらが欠けても鍛冶はうまくゆかないのです。だから、大山津見神は、姉「石長比売」と妹「木花之佐久夜毘売」をセットにして、ニニギに嫁がせようとしたのですが、ニニギは、見かけの華やかな妹「木花之佐久夜毘売」のみを選んで、姉を帰してしまったというのです。そんなことをしたら鍛冶はうまくゆきませんよというのが大山津見神の苦言なのですが、その苦言を多くの古事記研究者は、東南アジアの「バナナ型」の解釈に引き寄せて理解することですませてきました。三浦佑之さんも次のように「説明」されています。

ニニギとコノハナノサクヤビメの神話は、コノハナノサクヤビメはサクラの花、すなわち「美しいけれど短命」の象徴であり、イハナガヒメは岩石、すなわち「美しくはないけれど長寿」の象徴であり、そのどちらを選ぶかという、寿命についての究極の選択を迫る物語になっています。第三回で南方から入ってきた神話的要素の説明をしましたが、この神話のルーツをたどっていくと、やはりインドネシアをはじめとする南太平洋の島々に伝わる「バナナ・タイプ」と呼ばれる類似の神話に行き着きます。それは次のような話です。

天地創造の頃、人々は神様から食べ物をもらいながら命をつないでいました。ある日、神様が石を地上に降ろすと人々は拒否しました。次に神様がバナナを降ろすと人々は喜んでバナナを食べました。神様は、「おまえたちは永遠の石を拒み、腐るバナナを選んだのだから、おまえたちの寿命もバナナのように短くなるだろう」と言い渡しました。コノハナノサクヤビメの神話は、まさにこの系統の話と起源をひとつにしているとみてよいでしょう。

「バナナ・タイプ」に「コノハナノサクヤビメの話」がとてもよく似ていることはわかります。だから、同じようなことを古事記が物語っていると考えても、おかしなわけではありません。でも、三浦佑之さんの言われるようなことを、もし古事記が書いているのだとしたら、一体なぜこのような「バナナ・タイプ」の話を、物語のこの流れの中で、どうしてわざわざ載せる必要があったのか、説明をしていただかないと困ります。「バナナ・タイプ」のような話を言いたいだけなら、別に姉妹の親は大山津見神でなくてもいいはずだからです。ですから、物語の流れとして、ここで「バナナ・タイプ」の話を載せる必然性は古事記にはなにもないのです。こじつけていえば、ただおもしろい話があったので、たまたま古事記が物語のつなぎに使っただけという「説明」なら可能です。それなら「説明」はつくと思います。つくと思いますが、そんな理由で本当に古事記がこの話を載せたとは思われません。ということは、古事記はこの話を、「バナナ・タイプ」としては扱っていないということなのです。そのことを理解するには、この「コノハナノサクヤビメの話」を、「姉妹」の話に限定しないで、その後に続く一続きの物語の中で理解されないといけないということになるのです。

その一続きの話の理解に進む前に、「木花之佐久夜毘売」は「神阿多都比売《かむあたつひめ》」の又の名とされているところの理解を進めておきましょう。ここは大事なところですから。「阿多」

というのは南九州の隼人の流れを引く一族だとされています。阿多隼人という言い方もされています。このことについては、三浦佑之さんも次のように指摘されていました。

「ニニギの妻となったコノハナサクヤビメも、じつは隼人です。本名はカムアタツヒメ（神阿多都比売）（聖なる阿多の女）と言い、隼人の阿多氏の名を背負っているのです。」

もし「木花之佐久夜毘売」が隼人の流れに属する比売だとしたら、隼人はその軍事力を買われて、ヤマトに服従をした後、都で守備というか警備の役を担っています。それほどの武力、軍事力を持っている隼人であれば、とうぜん鉄の武器も十分に保持しているのです。『日本古代文化の探求　隼人』（社会思想社　一九七五）の「対談・隼人の文化」で、大林太良さんが次のように発言されていました。

「また大隅やなんかの地下式横穴の古墳、ああいうのを見ても、出てくるのが大体もう鉄製の武器ですね。そうすると、やっぱり隼人が、大和政権か、あるいは北九州の政権か知りませんけれども、そういうほかの勢力に対して大きな抵抗力を持ち得るようになったというのは、まず第一に鉄製の武器というものが前提じゃないか、これが一つの大きなエポックであろうと思うんですね。」

こうした考察を踏まえると、私が勝手な空想で、「大山津見神」―「石長比売」―「木花之佐久夜毘売」を、鍛冶に係わる話として無理矢理にねじ曲げて解釈しているのではないことがおわかりいただけるかと思います。そのことは次の物語の展開を見ればわかってきます。

コノハナノサクヤビメの火中出産

「木花之佐久夜毘売」のもう一つの話は、ニニギの妻になった木花之佐久夜毘売が、すぐに子を宿したので、ニニギの子ではないのではと疑われ、怒り悲しみ、産屋に火をつけてその中で出産することになる物語です。いわゆる「火中出産」と呼ばれてきた物語です。

確かに印象的な物語です。火の中で出産するなんて、あり得ない物語だからです。しかしこの「火中出産」の物語はよく読めば、ある場面に似ていることに気がつきます。それは「鍛冶」の場面です。三浦佑之さん自身は、現代語訳を紹介されて、詳しい解説はされていませんので、その現代語訳をここで紹介しておきます。

「わたくしの孕《はら》んだ子がもし国つ神の子であるならば、事もなく生むということなどできないでしょう。もし、わが腹の子が天つ神の御子であるならば、なに事も起こりはしないでしょう」と、そう言い置くと、すぐさま戸のない大きな殿《との》を作り、その殿の内に入ったかと思うと、土でもってまわりをすっかり塗り塞いでしまい、いよいよ生まれるという時になると、火をその殿に着け、燃えさかる火の中で子を生んだのだった。

こうして、猛火の中、無事に三柱の男神が誕生することになるのですが、この場面に対して三浦佑之さんは一言次のように語られています。「それにしても、これらの失言をみると、ニニギという神様はどうも女心を知らないところがあるようです」と。しかしそんな「女心」がここで描かれているのだろうかと思わずにはいられない一行です。でもここでは、これ以上「解説」はされていないので、少しだけ私のほうで補足して「説明」をくわえていきたいと思います。

ここで「戸のない大きな殿を作り、その殿の内に入ったかと思うと、土でもってまわりをすっかり塗り塞いでしまい」と描かれているのは、まさに「殿」と呼ばれてきた鍛冶場の「炉」作りを想像しないわけにはゆきません。その「炉」の中に、木花之佐久夜毘売が入ったというのです。そして、「いよいよという時になると、火をその殿に着け、燃えさかる火の中で子を生んだのだった」というのは、まさに火をつけられた「炉」の中で「鉄の子」を生んだということです。そのときに、比売は当然火花のようにパチパチと燃えて、まさに「木花之佐久夜毘売」となっていたのです。

こうして三柱の神たちがここから生まれるのですが、この神たちは、だからどこかで「鍛冶に係わる神」「金属の神」であることは、忘れてはならないと思います。なぜそんなことが言えるのかは、次の話を見るとわかります。

ホデリとホヲリの対立

物語は、木花之佐久夜毘売の生んだホデリとホヲリの話に移ります。この二神の間でもめ事が起こるからです。その話を三浦佑之さんは次のように要約されています。

ニニギとコノハナノサクヤビメから生まれたのがホデリとホヲリです。現代のわたしたちには「海幸彦と山幸彦」の名で親しまれている兄弟です。真ん中にホスセリ「火須勢理」という御子がいて、実際は三兄弟なのですが、この御子は例によって物語からすぐにいなくなります。

兄のホデリは海で魚をとり、弟のホヲリは山で獣をとって暮らしていたある日、ホヲリは兄に「お互いに、使っているサチ（道具）を換えてみましょうよ」ともちかけました。しぶる兄からようやく借りた大切な釣り針を、ホヲリは海でなくしてしまいます。そこで、自分の剣を鋳溶かし、五百個も釣り針を作って返しましたが、兄は受け取ってくれません。ホヲリがしょんぼりしていると、潮流の神のシホツチ［塩椎］があらわれ、海の神ワタツミ［綿津見］が住む宮に行けばきつといい方法を教えてくれるだろうと教えます。竹で編んだ籠船に乗って、潮の路にユラユラと乗ってワタツミの宮にたどり着いたホヲリは、すぐに海の神の娘トヨタマビメ［豊玉毘売］とねんごろになります。

この話でまず大事なところは、火の中から生まれた神を、カタカナではなく、漢字で理解しておくことです。兄は、「火照命《ほでりのみこと》」、弟は「火遠理《ほをりのみこと》」といって、「火」に係わる神名を持っていることです。火の中から生まれたのですから、当然といえば当然なのですが、研究者によっては、「ほでり」とは稲作の「穂が照る」様を表わした神名で、「ほをり」とは「穂がたわんで折れる」様を表わした神名なのだと、説明する人もいます。古事記に鍛冶の物語ではなく、稲作の物語りを読み取りたい研究者の多くは、そういう解釈をしてきたものでした。しかしここでは、文字通り「火照命《ほでりのみこと》」、「火遠理《ほをりのみこと》」として理解を進めてゆきます。

さてこの物語の大事な場面は、「火遠理」が「火照命」の「鉤《ち》＝釣り針」を失った後で、自分の剣を砕いて「鉤」を作ったとされているところです。「弟は、腰に下げていた十拳の剣を折り、五百もの釣り針を作って償った」というのです。三浦佑之さんは、そこをわざわざ「自分の剣を鑄溶かし、五百個も釣り針を作って返しましたが、兄は受け取ってくれません」と現代語訳されていました。事実は、三浦佑之さんの訳されているとおりだと思います。兄・火照は元の「鉤」を返せと迫るのです。

この描写は何を物語っているのでしょうか。また古事記の編者はなぜこのような場面を描こうとしていたのでしょうか。従来の解釈の多くは、弟を困らせるために、わざと兄が意地悪をしているという解釈です。かつて「稲羽の素兎」に対して、八十神は意地悪な指示をし、大穴牟遅神は親切な指示をしたというような解釈と同じパターンです。しかしそんな「意地悪」や「親切」などを「道徳話」のようにわざわざ「国の歴史書」に持ち込んで描くだろうかということです。そんな道徳の教科書のようなことを古事記がしているわけではなかったはずなのです。ですので、ここでも兄が弟にただ意地悪をしているように読んではいけないのです。

「鉤《ち》＝釣り針」とは何か

特に、自分の剣を折って、釣り針を五百作るという行為を、ほとんどの国文学の解釈は、何かしらごく当たり前のように読みとってすませてきたように思われますが、考えてみると不思議な行為を火遠理はしているといわなくてはなりません。自分の剣を折って釣り針にするなどというのは、鍛冶屋でしかできないことだからです。逆に考えると、そういうことができるということは、火遠理は「鍛冶屋」の能力を持っていたということになります。そんな鍛冶力を持った火遠理の作る釣り針を、火照は突き返して、元の釣り針を返せと言ったのですから、その意味は考えておく必要があると思います。ここで現代語訳で「釣り針」と読んでいるものを原文の「鉤《ち》」という呼び方に呼び替えてみます。そうすると物語では、兄の「鉤」が、弟の剣で作った「鉤」と違うというところを問題にしていることがわかります。それは「鉤」を作る鉄の素材と鍛冶技術が違っているということなのです。たかが、「鉤」ごときで、そんな優劣があったりするもんかと思われるかもしれませんが、そんなことはないのです。

このあと物語は、火照の「鉤」を探して綿津見《わたつみ》の宮へいき、そこで豊玉毘売《とよたまびめ》に出会い、結婚する話が続きます。説明すると長くなるので省きますが（村瀬学『徹底検証　古事記』参照）、いわゆる「海幸山幸神話」と呼ばれるこの物語を引っ張り続けるものが、「鉤」であることを考えると、この「鉤」のもつ位置が決して軽いものではないことがおわかりいただけるかと思います。

おそらく現代語で「鉤＝ち」を「釣り針」と訳してすませているところが、大きな問題なのだろうと思います。「ち」には「血」のイメージも重ねてあり、たかが「釣り針」ごときでということではなく、「ち＝血」の問題は、すでに「カグツチの血」のところで十分に見てきたように、血統や武力のイメージまでもを含むものとしてありました。だから「うみさち―やまさち」の「ち」の問題は、「血筋」を巡る武力の対立の問題も透かし持っているところは意識しておくべきだろうと思われます。

ちなみに火遠理が探し当てた「鉤」を火照に返すときに呪文を唱えるように、綿津見の神に教わります。三浦佑之さんは、その呪文をこう訳されていました。

「このちは、おぼち、すすち、まぢち、うるち（この釣り針は、ぼんやり釣り針、すさみ釣り針、貧しい釣り針、おろか釣り針)」

読者にはよくわからない呪文なのですが、呪いの目的は、渡す「ち＝鉤＝血」の正統性をとことん否定する形容の文句をつけて渡すところにありました。こうして、火照は武力そのものを弱体化させられてゆくのでした。実際に、火照は武力で火遠理を攻めるのですが、その時には綿津見の神からもらった「珠＝海の力」で反撃をしています。そういう話は、物語を読むことで味わっていただくしかありません。

日向神話に投影されているもの

さてこうした「火遠理の釣り針の話」の特徴を説明するのに、三浦さんはまた東南アジアの民話を引き合いに出して説明されています。「失われた釣り針神話」に似ていると言うわけです。すでに、「バナナ・タイプ神話」を持ってきて「コノハナノサクヤビメ」の話が説明され、「いなばのしろ兎」はボルネオやスマトラで語られる「子鹿と和邇神話」と似ていると説明され、「オホゲツヒメ」もニューギニアなどで語られる「ハイヌヴェレ神話」に似ていると説明されてきました。そしてここに来て、「海幸の神話」も南海の島々の間で語られる話に似ているというわけです。それらが黒潮に乗って、九州は日向へ、そして出雲へと日本海へと伝わっていったというのです。確かに古事記は、たくさんの既成の物語を取り込み、それをつないで一続きの物語を作っているわけですが、しかし取り込まれた話に似ている話が、東南アジアや中国にあるからといって、それを指摘することで、結局どういうことを説明することになるのでしょうか。古事記の上巻は、東南アジアの話の寄せ集めでできている、ということを指摘されたいのでしょうか。しかし、再三指摘してきたように、古事記の物語の細部をきちんと読めば、東南アジアの神話と似ているというのは、その上っ面のあらすじだけにすぎません。にもかかわらず、三浦さんは、なぜかそんなあらすじの似ているところだけを取り上げて、古事記の物語を「説明」したかのように終わらせているのです。東南アジアの民話のおもしろさと、古事記で使われる似ている話の、その表面的な類似点より、根本的な違いにこそ、もっと注目すべきことがあるはずなのにと私は思います。

六 ヤマトタケルの検証

ヤマトタケルの紹介

話は飛んで、古事記の中巻のヤマトタケルの話に移ります。この物語は、おそらく人々に最もよく知られてきた物語だと思います。なので、限られた枚数の中で三浦佑之さんも最後にはどうしても読者に伝えておきたい物語としてとりあげておられます。まず、こんなふうに紹介されています。

ヤマトタケルの物語は冒険あり戦いあり恋愛ありで、上巻のスサノヲやオホクニヌシの物語に匹敵するような華があり、また、大いなる悲劇という意味でも、古事記最大級の英雄物語になっています。

その古事記最大級の英雄・ヤマトタケル（倭建命）は、吉《き》備臣《びのおみ》の祖先の娘を天皇が娶って生んだ子どもの一人とされています。吉備という、「鉄」をヤマトに税として収める国を出自に持つという設定も興味深いところです。物語のあらすじは、父が嫁にしようとしていた女性を横取りした自分の兄を斬り殺して投げ捨て、九州の熊襲兄弟を、女装して殺し、帰りに出雲へ行き、友人であるはずのイズモタケルを欺して殺してしまいます。その荒ぶる気性を持ったヤマトタケルを父親は、良くは思わなくて遠ざけようとしていたのか、今度は東のエミシを平らげるように命じます。なんとか叔母や妻といった女性の力を借りて目的を成し遂げ、戻ってくる途中の伊吹山で命を失います。

なぜ命を落とすことになったのか。いつもなら携帯してるはずの刀、それはスサノオがヤマタノオロチの尻尾から取りだしてアマテラスに献上した草薙剣を、妻のところに置いてきたので、伊吹山の神と素手で戦うことになったからとされています。そして亡くなった後は白鳥になって飛んでいったというのです。

ヤマトタケルは吉備という鉄の産地に出自を持ち、兄や地方の豪族を剣で斬り殺し、最後はその剣を忘れたがために死んでしまうという、鉄や剣とともに歩む姿で物語られる主人公でした。最後は「鳥」になって飛んでいったというのですから、その「物語の落ち」もまた「鉄」に関わる終わり方になっていました（「鳥」の説明をした箇所［93〜95頁］参照）。

ヤマトタケルの物語に「象徴」されているものは何か——日本海のオオクニヌシと太平洋のヤマトタケル

最初に少し「あらすじ」を紹介したのですが、この「物語の概略」を見てもらってすぐに気がつくことは、「ヤマトタケル」の話が、日本の「西の国」と「東の国」の両方を平定する英雄の話になっているところです。この話は、古事記の中巻に置かれていますから、いわゆる「神々の物語」ではなく「天皇や人間の歴史」として扱われるものです。それでも神々と争っているような記述が物語の随所に見られるので、どのように扱えばいいのか、多くの研究者の間で長い議論がされてきました。だいたいの見解は、「ヤマトタケル」にあたる人物は実在しないが、かつてばらばらに勢力を競っていた日本を統一してきた歴史があって、それをなしとげた象徴的な人物として、実際の歴史とは別にこうした物語が創作されていったのではないかという考えです。もちろん「ヤマトタケル」の「モデルになった天皇」はいたと主張する人もいるでしょうが、私は、象徴的に創作された、象徴的な人物という理解でいいと思います。しかし問題はその「ヤマトタケル」に「象徴」されているものはなにかということです。

私は、本来はこの「ヤマトタケル」の物語は、「神話篇」の一環として語られ、考えられてきたのではないかという感じがしています。というのも、神話的な神々と争う場面があるということもあるのですが、どこかしら、「オオクニヌシ（大国主）の物語」と対になっているような感じもするからです。ここに物語の大枠を図にして先に示しておきますが、古事記では、オオクニヌシが出雲から越にかけての日本海の国譲りに係わる物語として設定されているのと対象的に、「ヤマトタケル」は、「西国から東国」までの、いわゆる「太平洋側の国々の平定」に係わる物語になっていて、この二つの物語を合わせると、ほぼ倭国の全体を支配下に置くようなイメージが作られることがわかるからです。本当は、日本海側の支配と、太平洋側の支配の両方を、神話の中で描いて、歴史の物語に移りたかったのに、そういうことができない事情が起こっていたのではないかと思います。

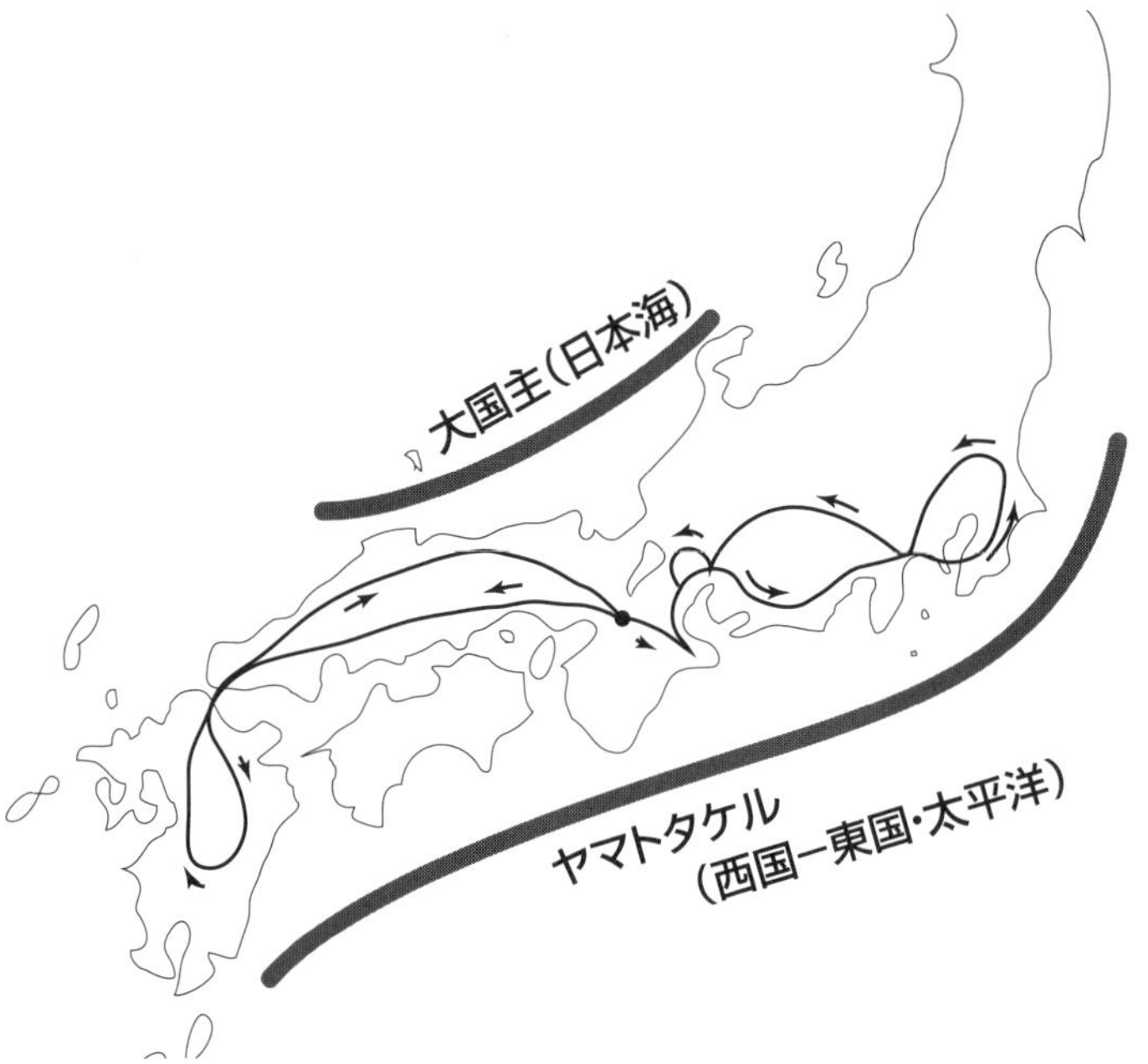

考えられる理由は、神話での「国作り」は、まことに牧歌的な「国譲り」というような「お話」で作り上げることができたのですが、それは出雲―越という日本海文化圏での、すでに政治的支配下に置くことのできていた地域に対して、余裕を持って神話化できた物語でした。しかし、西の国から東の国までの、広い範囲の平定の物語となると、いかに工夫しても「国譲り」のような牧歌的な物語で描くには、読み手が納得しないであろうということが考えられたのではないか。まだまだ、西国、東国の各地には、大きな勢力が生きづいており、その平定には牧歌的なものではなく、「武力」的なものが必要であることを読み手に意識させる必要があったのではないか。だから神話篇に入れることができなかった。それゆえに、古事記の中巻の真ん中あたりにこの話を挿入し、形として、日本海（大国主）と太平洋（ヤマトタケル）の両方の平定を読み手に強く印象づけようとしたのではないかと。

しかし、一人の人物で、西国と東国の平定が可能になるようなことは現実にはなかったわけで、それは神話的な象徴的な物語でしかあり得ませんでした。そんな物語を、歴史の中に無理に入れ込むと、前後の話につじつまの合わないところがでてきてしまいます。そのほころびを、わかりにくくするためにも、古事記の書き手はいろいろと工夫をしなくてはならなかったはずなのです。その一番の工夫は、西国―東国の制定などという巨大な仕事をなし終えた人物を描くにもかかわらず、彼をヤマトに生還させないで、途中で死なせてしまうという工夫です。物語の読み手としては、ものすごく残念な終わり方になってしまうわけですが、しかし「歴史」として位置づければ、彼をもしヤマトに生還させれば、これだけの偉業を達成したのですから、その後の活躍や後継者の選定など、大変華やかで重大な話を展開させなくてはならなくなります。しかし、実在しない架空の、象徴的な人物なのですから、そんなことをするわけにもいきません。ではどうしたらいいのか。それは、西国―東国を平定したまま、後継者を育てる間もなく、突然に死去してもらう、という展開です。そうするのが、最も都合が良い展開であることがわかります。もちろんヤマトタケルの系譜というのがその後語られますが、存在し得ない人物の系譜ですから、つじつま合わせの系譜である以上のものではありません。

三浦佑之さんの要約の「ヤマトタケル」

　ところで、私がヤマトタケルを実在しない架空の、象徴的な人物と想定するからといって、この物語を軽く見ているわけでは全くありません。それは、神話篇に出てくる神々をことごとく丁寧に見てきたこと同じです。ですので、ここではヤマトタケルを、「神話的な存在」として当初は構想されていたのではないか、という仮説から見てみたほうが実は魅力的なのではないか、というところから考えてゆけたらと思っています。

　とりあえずはまず、三浦佑之さんの要約で「ヤマトタケル」の話を紹介しておきます。ここには二つの物語が紹介されています。

ヤマトタケルは幼名をヲウス（小碓）といい、オホウス（大碓）という兄がいました。ある時オホウスは父が妻にしようとしていた女性を横取りし、その気まずさから父を避けて食事の席に出てこなくなりました。大君はヲウスに「兄をねんごろに教え諭すように」と言います。ところがその後何日たってもオホウスが出てこないので、ヲウスにどうなったのか尋ねる様子が次の場面です。

　大君は、いつまでも出てこない兄のことを、重ねてヲウスに尋ねた。
「どうして、そなたの兄は長いあいだ出てこないのだ。もしかして、まだ兄を諭してはいないのか」
するとヲウスは、
「とっくにねんごろにいたしました」と答えた。
それで、大君が、
「いかにねんごろに教えたのだ」と聞くと、ヲウスは、
「夜明けに、兄が厠《かわや》に入る時をねらって、待ち捕まえて摑み潰し、その手と足とを引きちぎり、薦《こも》に包んで投げ捨ててしまいました」と、穏やかな顔で答えたのだった。

ヤマトタケルは突発的に制御不能の破壊力を発揮するようなところがあり、その点でも神代のスサノヲに似ています。しかし、それは愛する父の命令に応えようとする、彼なりの誠意のあらわれでした。

ヲウスの凶暴さに怖れをなした大君は、わが身から遠ざけるため、西の地を領している熊曽《くまそ》を討伐するよう命じました。ヲウスのほうは父親に任務を与えられたと勇んで出かけていきます。

ヲウスは武勇だけでなく知略にもすぐれていたようで、女装して敵の宴席にもぐりこみ、首領のクマソタケル（熊曽建）兄弟をやっつけます。この時、弟のタケルから名前を譲り受け、以後ヤマトタケル（倭建）を名乗るようになります。帰路には回り道をして出雲に立ち寄り、勇名をはせていたイヅモタケル（出雲建）を、友だちになっておきながら裏切って討伐し、凱旋しました。

ところが、大君は息子の帰還を喜ばず、手柄をねぎらいもせず、今度は東へ行って、なかなか服従しない蝦夷《えみし》を平らげよと、立てつづけに命じます。ヤマトタケルは言いつけにしたがって出陣しますが、もはやかつてのように明るくはありませんでした。大人になって自分が父に疎まれていることに気づいてしまったからです。

そんな彼を応援するかのように、周囲には数多くの女性が登場します。

「小碓《おうす》」と呼ばれていたヤマトタケル

以上が三浦佑之さんによる要約と説明です。はじめの物語は、まだヤマトタケルが「小碓《おうす》」と呼ばれていたときの話です。話は三浦さんの要約の通りです。しかしこういう要約はあらすじの紹介なので、その神話的な意味をこうした要約からは読み解くことはできません。ここで神話的と考えるのは、ヤマトタケルが、わざわざ「小碓《ヲウス》」と呼ばれているところの読み取りにあります。なぜ彼が「小碓《ヲウス》」と呼ばれ、兄が

「大碓《おおうす》」と呼ばれているのか。もちろん、この呼び名に多くの研究者も注目してきましたが、私が納得した見解はありませんでした。古事記の研究者の多くは、古事記を稲作神話として読み解く前提に立つものが多いので、ここでの「碓《うす》」というのも、稲穂の籾《もみ》から米を分離させるために、使う臼＝碓のようなものを想像して考える見解がほとんどでした。そういう臼＝碓は、確かに弥生時代に出土する銅鐸にも描かれているので、大変に重要なものとして意識されてきたことは確かです。

ところで、従来の「臼＝碓」のイメージはそういう、ぺったんぺったんと突く臼なのですが、実際の臼は、そういう臼に限りません。三輪茂雄『臼』（法政大学出版局　一九七八）を見れば、さまざまな形のものがあるのがわかります。特にここで注目したいのは、二つの円盤状になった石をまわして、その間に入れたものをすりつぶすような臼です。作るのに高度な技術が必要になる臼です。

挽臼

そこでヤマトタケルに付けられた「碓」がどういうものを想定したのか、もうすこし考えてみなくてはなりません。というのも、この「碓」の理解はこの後も物語の読み解きに、大きく影響を持ってくるからです。もちろん、この碓の実際の姿は、物語を読んで理解するしかありません。

兄の殺し方

そこで三浦佑之さんの要約を紹介したときの現代語訳をもう一度見てみたいと思います。ここで、多くの読み手が気になってきたのは、「兄」を「ねぎらう」ように父に言われて、「夜明けに、兄が厠《かわや》に入る時をねらって、待ち捕まえて摑み潰し、その手と足とを引きちぎり、薦《こも》に包んで投げ捨ててしまいました」と小碓が答えた答え方でした。父も結局この答え方に驚いて、彼を西国に派遣することになるわけですから、大事な答え方です。でもこの答え方はとても不自然です。不自然ですから、研究者も気になってきたのですが、一体この答え方で、小碓は実際にはどういうことをしていたと考えるといいのでしょうか。

まず文面通りに読めば、「厠《かわや》」で待ち構えていて、となっています。この設定が異様で気味が悪いところです。そして、捕まえて揉み潰したというのです。それから手足をちぎって、コモに包んで投げ捨てたというわけです。これは兄の殺し方だとすれば、とんでもなく残忍な殺し方をしたものだと、びっくりしないわけにはゆきません。だから三浦佑之さんも、この異様な殺し方について「ヤマトタケルは突発的に制御不能の破壊力を発揮するようなところがあり」と「説明」されるわけです。多くの研究者の説明もほぼ同じだったと思います。しかし本当にそんな残忍な殺し方が描かれていたのか、もう少し考える必要があると思われます。

まず「厠《かわや》」でという設定が気になるところです。そこで「兄」を「とらえて押しつぶし、手足をもぎとった」というのです。訓読では「搤《と》り批《ひだ》きて、其の枝を引き闕《か》きて」（小学館版）となっています。そして薦（むしろのようなもの）に包んで投げ捨てたというのです。わたしはこの場面を読んで、ここには名前の通り「碓」で何かをすりつぶしている情景が描かれていると読んできました。なぜそんな風に読めたのかというと「厠」がヒントになっていると思われたからです。つまり、「お尻」を出すところで、「兄」をつかまえて、そして搤（締め付けるの意味）と、批（強く打つの意味）で、「枝」をもぎ取ってしまったというのです。つまり「お尻」を出すところで、締め付け、強く打つようにつぶしてしまい、枝葉をちぎってしまうというのは、まさに二つの碓の間にはさんで、何かをすりつぶす情景を描いているように見えるからです。茶臼というのは、まさに枝葉をもぎ取るように使用されていたこともあったのですから。それにしても、「厠＝お尻」がなぜ「碓」に見えるのかと思われるかもしれません。これはこじつけで言っているわけではありません。この時に大事になってくるのが「碓」のイメージです。このイメージを、銅鐸に描かれたような「臼」で理解してはいけないのです。上下に分かれた二つの道具を合わせた臼を思い描かないといけないのです。そうして、その間に何かを入れてすりつぶすことになるのですが、この上半分の臼には、穴が空いていて、それは「お尻」のように見ることができるのです。

碓と鍛冶

こういうふうに言うと、村瀬は無理にこじつけて、上下の臼の穴の空いた方を「お尻」に見立てていると非難されるかもしれませんが、それはそうではありません。そのことは、物語の次の場面を見たらもっとよくわかるのです。ともあれここでは、小碓はその名前の通り「碓の仕事」をやってのけて、それが「兄」の殺し方と重ねられているので、いかにも残忍な殺し方をしているように見えているだけなのです。物語でも、小碓のこの行動に父が「荒々しい心」を見て取り、それを恐れ、西国へ派遣する原因にしたようになっています。なぜ、父は、小碓の碓を引くだけの行為に、恐れを抱かなくてはならなかったのでしょうか。

それはおそらくこの「臼=碓」が、ただの稲の籾をつぶすだけではなく、たとえばお茶を作るためにまさに茶の木の枝をこれですりつぶしもぎ取る茶臼などがあったように、もっと違う働きをする碓があったからではないでしょうか。それは鉱物をつぶすような碓の存在です。石を砕いてさらに細かくするような使われ方をする碓です。それは庶民の臼の使い方とはずいぶん違っていて、まさに戦う武器を作るために、「碓」で鉱物をつぶし、鍛冶の材料を手に入れるための碓でした。

そもそも弥生時代の銅鐸に描かれているような「臼」ではなく、もっと複雑な上下のすりあわせで、ものを砕く臼の技術が倭国に入ってくるのは、古墳時代以降です。『日本書紀』の「天智天皇」の話に、「阿曇連《あずみのむらじ》」を新羅に派遣し、「水碓を造りて冶鉄《かねわか》す」と書かれています。「水碓」は広辞苑では「みず・うす【水碓・碾磑】水力によって動かす臼。」と説明されています。「冶鉄」とは「冶金」のことですが、「冶金」は「や・きん【冶金】鉱石から含有金属を分離・精製する技術。広義には、取り出した金属を材料として加工する技術をも含む」と広辞苑では説明されています。つまり「碓」を使って、鍛冶の材料を造っていたというのです。小学館版『日本書紀③』p285には、丁寧に「水碓」の図が紹介されています。川の流れを利用した大規模な碓なので「水碓」と呼ばれています。

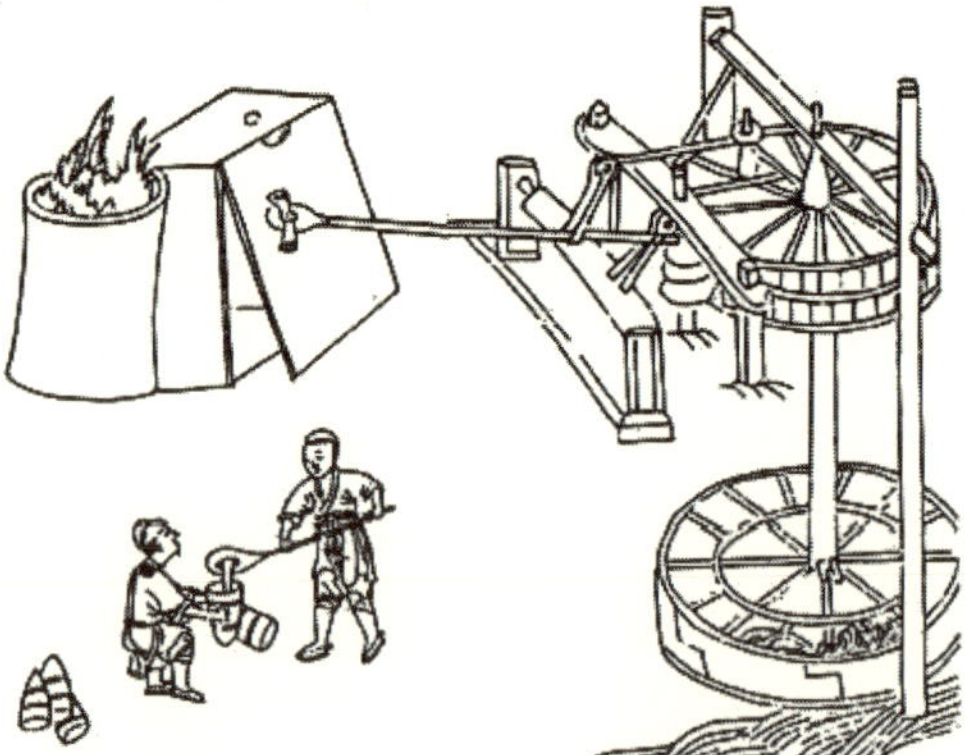

水碓(『農書』巻十九)　小学館版『日本書記③』p285

こうしてみると、「小碓」と名づけられた初期のヤマトタケルは、実はただの稲の籾を取る臼ではなく、鍛冶に使う碓のイメージをもたされていることがわかります。小碓の父が警戒したのは、三浦佑之さんの指摘するような、「突発的に制御不能の破壊力を発揮するようなところがある」という、乱暴者のためではなく、深い武力を蓄えた存在であるところが脅威になっていたからと考えるほうが自然だと思われます。このことを踏まえて、ヤマトタケルの次の熊襲殺しの物語を見てみる必要があります。

熊襲の殺し方

三浦佑之さんは、倭建命による「熊襲殺し」の物語を、次のような簡単な要約で終えています。

「ヲウスは武勇だけでなく知略にもすぐれていたようで、女装して敵の宴席にもぐりこみ、首領のクマソタケル（熊曽建）兄弟をやっつけます。この時、弟のタケルから名前を譲り受け、以後ヤマトタケル（倭建）を名乗るようになります。」

詳しく紹介しにくいのは、その熊襲の殺し方は、兄殺し以上に気味の悪い殺し方に見えるからです。女装した小碓に近づく兄の熊襲の胸を剣で刺して殺し、次に弟を殺す場面は、訓読ではこう描かれていたからです。

その弟建《おとたける》は、見ておそれをなして逃げ出した。小碓命はすぐにこれを追いかけ、その室の梯子《はしご》の下に至って、その背中の皮をつかんで、剣を尻から刺し通した。すると、その熊曾建《くまそたける》が申して言うには、「その大刀を動かさないでください。私は、申し上げたいことがあります」。

（小学館版『古事記』）

こういって、二人は会話を交わし、小碓は「倭建御子《やまとたけるのみこ》」という称号を熊襲から与えられる場面が続きます。ただ話に行くまでに小碓が弟熊襲にしているのは、尻から剣を突き刺したということと、そのとき熊襲が剣を動かさないで、しばらく話を聞いてほしいと嘆願する行為です。どう見ても、おかしな場面です。どうして小碓は、尻から剣を刺すようなことをしているのか理解できないからです。さらに刺された熊襲が、その剣を動かさずに話を聞いてもらうようにお願いするのも、異様といえば異様な光景です。しかし、先ほど述べたことを思い出してもらうと、ここでも「お尻」が問題になっていることがわかります。なぜ「お尻」なのかという問いを先ほどは出しておきましたが、上下に分かれる臼の上部は穴が空いており、その穴を使って臼引きが行なわれるのでした。そのときに、下の臼から心棒が突き出ており、それを上の臼穴に入れるようになっています。図（三輪茂雄『臼』参照）を見ていただくとおわかりいただけると思います。その時に熊襲は、碓を動かさずに、つまり自分をすりつぶしてしまわないうちに、話を聞いてくださいと言ったわけなのです。

もちろん「お話」ですから、物語上のつじつまのあわせられないところはあります。たとえば、この説明だと上部の碓が熊襲で、下部の碓が小碓になったり、碓で砕かれるものが熊襲になったりと、ちぐはぐになったりします。が、熊襲も「タケル」である限りは、九州での鍛冶の王であったはずで、だから「碓」のイメージを持っていてもいいのです。そして碓でありつつも、やまとの碓に吸収される運命にあったというふうに考えることも可能です。大事なことはここまでが、ヤマトタケルは「小碓」と呼ばれるので、物語の大事な場面を「メタファーとしての碓」のイメージでしっかりと読み解く必要があるということなのです。そうすれば、異様な殺害方法を実施した変態のヤマトタケルというふうに見る見方から自由になれるので、私の解釈のほうがはるかに自然でいいと思います。

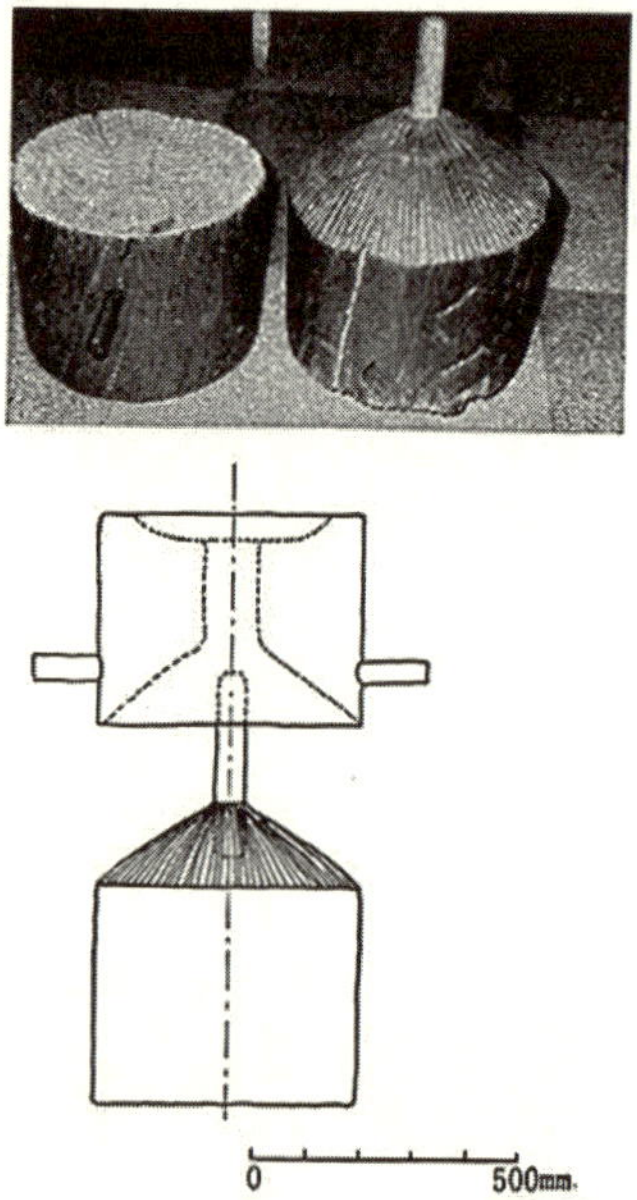

韓国の半回転式木摺臼(延世大学保管)

小碓《おうす》から倭建《やまとたける》へ

このあと、「小碓」から「倭建御子」と名前が変わり、ヤマトへ戻る途中に出雲によって「出雲建《いずもたける》」を平定する話が来るのですが、この話も妙な話です。そもそも出雲は大国主が国譲りを済ませているので、それほど敵対する異族がいるとも思えないのに、そこに倭建御子はわざわざ出向いています。

そして、出雲建と一緒に肥河で水浴びをする前に、木製の偽物の剣を作ってすり替え、それで「刀合わせをしようと」と持ちかけ、出雲建が木の剣を抜けないままにいるうちに、切ってしまったというのです。なんと卑怯な手口で出雲建を切ったものだと思わないわけにはゆきません。そしてその後で古事記は「このように服従しないものを打ち払い平らげて参上し、天皇に復命申し上げた」となっているのです。しかし出雲建は倭建御子と仲良く河で水浴びをし、謀反を起こしているわけでもないのに、「服従しないもの」とされて「打ち払い」されているのです。

こういう展開は倭建御子が西国と東国を平定するイメージをさらに広げるために、わざわざとってつけているとしか思えない物語の操作です。そしてこの後、ヤマトに戻ったにもかかわらず、すぐに東国の平定に向かわされることになります。三浦佑之さんは、この後の展開をくわしく説明されているわけではないので、私もこれ以上の「説明」をすることはしないのですが、倭建御子が伊勢神宮によって叔母のヤマトヒメに会って、草薙の剣と「嚢《ふくろ》」を譲り受けた話には触れておられるので、そのことは私も取り上げておきたいと思います。

つまり、この叔母から贈られた剣で、倭建御子は後に難を逃れるのですが、こうした女性に助けられるという展開は、大国主が母や女神から助けられるという物語展開によく似ています。そして叔母から「嚢《ふくろ》」を貰ったという話も大事なところです。その「嚢」には火打ち石が入っていたからです。この「嚢」というのは、大国主が「袋」を担いでいたという話に対応しています。その「袋」は大穴牟遅神の「大穴」とも対応しているところは見てきたとおりです。こうして見てみると、ヤマトタケルの持つ「嚢」と、オオクニヌシのもっていた「袋」が、火や鉄を生む子宮に係わるイメージを担っていたところで、つながっていることに気がつかれるだろうと思われます。この叔母からもらった「袋」に火に関わる石が入っているというのは、大国主の話と無縁に造られているわけではなかったのです。

三浦さんは、「ヤマトタケルを検証する」という小見出しを掲げた節の中で、古事記と日本書紀では ヤマトタケルの描かれ方が全く違うということを「説明」され、実は奥陸風土記ではヤマトタケルは「天皇」として記述されていることを指摘されています。そして古事記でも彼の亡き後、妻や子の系譜が語られていて、そういう扱いは「天皇」の扱いと同じような扱いをしていると「説明」されています。なので、彼が九州や出雲や東国へ派遣され地方の豪族を制定していった物語は、「天皇」が何代にもわたり地方の豪族を制定していった過程を、一人の「ヤマトタケル」という人物に託して描いたのではないかと推測されています。私も、そういう推測でいいと思っています。私は天皇としての倭建がいたとは思いませんが、何代にもわたり地方の豪族を制定していった過程を、一人の「ヤマトタケル」という人物に託して描いたのではないかという推測には賛同したいと思っています。

「東国」の存在をはっきりとイメージさせる

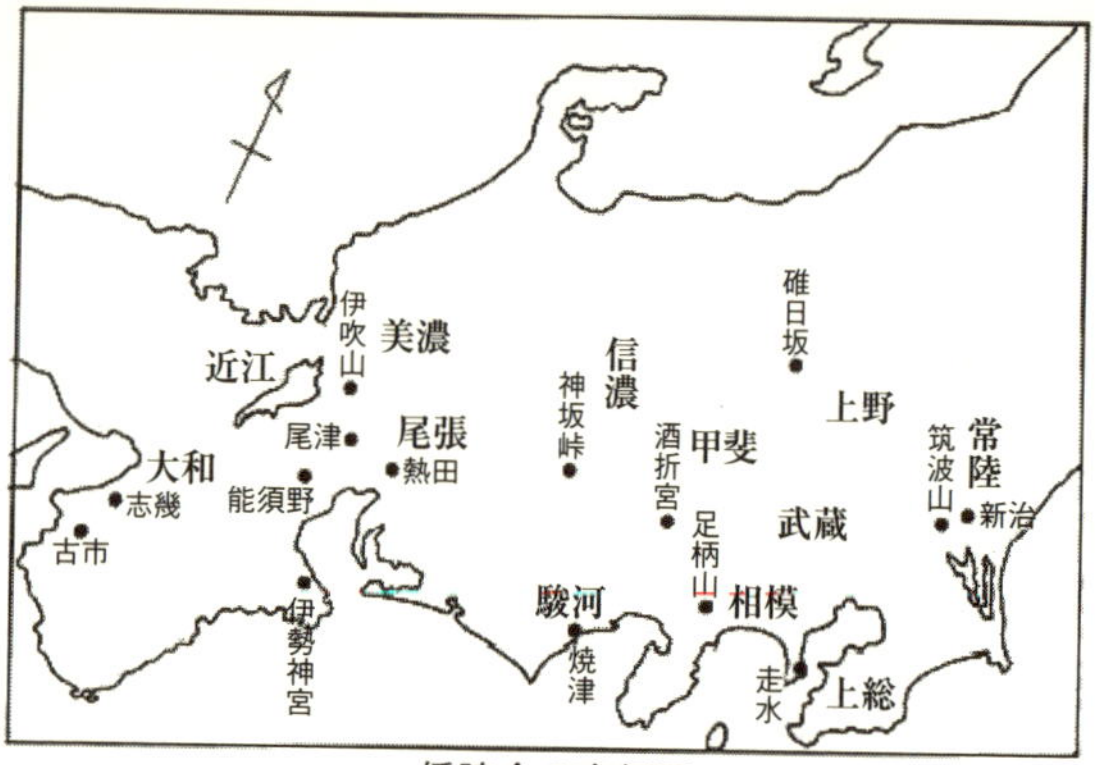

倭建命の東征図

ただし、ここでは十分には触れることができていませんが、この章の始めに指摘したように、ヤマトタケルの物語は、倭国の太平洋側の国々をはっきりと意識させるものとして出来上がっているので、そのことにはもっと注目されるべきだということは、重ねて言っておかなくてはなりません。ともすれば古代史では、ヤマトや九州や出雲が中心に物語が展開され、古代にも東国に優れた豪族達がいたということが見落とされてしまいがちです。そしてヤマトタケルの東国平定の物語をよむと、東国がヤマトに支配されるだけの地域であったかのように見られてしまうことが起こりますが、しかし古事記はそういうことを言うために、ヤマトタケルの東国遠征を描いていたわけではないのです。そうではなくて、ヤマトタケルが、東国に行く物語を通して、倭国に「東国」が存在することを、読み手にはっきりと意識させることになっているところがとても大事なのだと私は思っています。この場合の「東国」とは、尾張から東北までの広がりを持つ地域とかんがえるのがいいと思います。ここにヤマトタケルがたどった東国の地名の書き込まれた地図（小学館版に挿入されている図p225）を紹介しておきます。あえてヤマトタケルが通ったという地名を古事記に残すことで、古事記は読み手に東国の存在の広がりの具体的なイメージを残しているのだと思われます。

ヤマトタケルの最期

最後になりますが、ヤマトタケルの亡くなる場面は、三浦佑之さんも取り上げておられるので、私も見ておきたいと思います。どういう場面かというと、東国から戻る途中、信濃をへて尾張に来て、ミヤズヒメと再会し、そこに草薙剣を置いて伊吹山の山の神を「素手」で討ち取ろうと考える場面です。なぜそんなことをしなければならなかったのかも不思議といえば不思議です。しかし、その山の中で「惑わされ」前後不覚に陥ることになります。ヤマトタケルの身体の異変のはじまりです。そのあと、「当芸野《たぎの》」というところで、「うまく歩けなく」なります。そこでたぎたぎしくなり、杖をついて歩くことになったので「当芸《たぎ》」という地名になったとされます。それから三重村まで進んでゆくと、今度は「足が三重に折れる」かのようになってしまったので、そこを「三重」ということになったとされます。そこから「能煩野《のぼの》」に着いたときに、国を思う歌を作りながら亡くなってしまったというのです。そして最後は「白鳥《しらとり》」になって飛んで行かれたと。

こういう帰郷時の身体の異変は、地名の由来として語られているので、多くの研究者は、ヤマトタケルの身体の異変より、地名由来譚としてみるほうを優先させてきたように思われます。しかし、西国―東国を股に掛けて戦ってきた英雄の最期を、古事記が単なる地名由来の話ですませて終わらせるのかと、誰もが思うのではないでしょうか。この「疑問」に新しい見解を提示してくれたのが、谷川健一氏でした。彼は伊吹山でヤマトタケルが前後不覚になったところを重視して、伊吹山は、その名の如く山から吹き下ろす風が強く吹き、山の麓では鍛冶がなされていたことを指摘されています。そして重要な指摘は、鉄が採れたというだけではなく、水銀も採れていた。それでヤマトタケルは「素手」で水銀に触れ、水銀中毒になっていたのではないかという仮説を立てられていた。その後遺症は、その後杖をつかないと歩けなくなり、さらには足が三重に折れるようになり、その地で亡くなってしまったのではないかという推論を立てられています。谷川健一氏によると、だからこのヤマトタケルの身体の異変は、地名の由来を言うために無理に作り出されたものではなく、実際にこういう地名のあたりで、水銀が採れて、それで身体の異変をきたしていた人たちがいて、その話がヤマトタケルの身体の異変として語られてきたのではないかと推測されたのです。

そういう「推測」がどこまで当たっているのか、私にはわかりませんが、私はヤマトタケルの帰りの身体の異変の物語を、ただの地名由来譚とみなしてすますより、うんと切実に対応している見方だという感じがしてきていました。ここでいう「切実な見方」というのは、「金属と係わる人間の歴史」を身近に感じ取るという意味です。ヤマトタケルの物語は、包括的に言うと、「碓」と呼ばれる鍛冶の王として生まれ、その武力を背景に、西国と東国を平定していったのだが、この鍛冶＝金属に係わるものの宿命として、金属の病に冒されることも出てきていた、ということになるでしょうか。この「問題」は、古事記とは何だったのかという最後の問いに答えることにもつながっています。ただその問いに行く前に、もう一つヤマトタケルの物語から、意識しておきたいものがあります。

それは亡くなったヤマトタケルが「白鳥」になって飛んでいったという情景を、どのように考えたらいいのかということについてです。すでに「鳥」には「鉄」のイメージが重ねられているところは見てきました。そういう意味では、亡くなったヤマトタケルが「白鳥」になって飛んでいったというのは、霊魂は鳥になるというような鳥信仰の話と重ねられているとしても、根本は違うものではないかと私は思います。このことについてはすでに見てきていますので、ここでくり返して言及することはいたしません。

七

古事記とは何か——古事記の根源へ

三浦佑之さんの答え方

最後になりました。ここで三浦佑之さんは改めて「古事記とは何か」という問いを立てられています。ふつう古事記とは何かといえば、古事記のあらすじを説明するようなことになるのですが、そうではなく、物語のあらすじとは別に、なぜそんな物語が作られたのかという疑問に答えることも含めて、改めて「古事記とは何か」ということを考えようというわけです。私も、この問いかけは大事だと思います。とても大事だと思います。三浦さんは、古事記の特徴を三つ挙げられています。

①古事記は日本書紀のようにヤマト王権の国家支配とその正統性を示すために編まれたものではないということ。

②南方系（縄文人）の民俗や古い文化要素が濃厚に見られること。

③古事記が、いつ、誰によって作られたのか？　古事記の成立は、実在性には問題があるにしろ聖徳太子と蘇我馬子によって企図されたという「天皇記・国紀」に連なろうという意識をもって組まれたのではないか。

そして、「日本書紀は支配者の側によって編まれた書物」だが、古事記は征服された者たちにも心を寄せる書物になっていて、それは、権力に敗れた者たちの無念を昇華させるための、なんらかの鎮魂の行為が必要だったために書かれたものではないか、と三浦さんは述べています。

日本書紀全体との対比など、難しい比較には私にはついてゆけませんが、物語のあらすじから離れて、少し遠目から古事記を見ることは必ず必要だと思います。ただそのときの、古事記とは？という問いに、日本書紀との違いは？という問いがセットになって出てくるところが気になります。

こういうふうに、古事記とは何かを問うのに、日本書紀とは何かという問いとセットで出されると、測る尺度が大きくなりすぎて、どこをどう答えたらよいのかわからなくなります。そもそも日本書紀のことなど、今回の本でもほとんど触れていないからです。読者も、日本書紀のことなど、何も知らないわけですから、古事記とは何かの問いかけの答え方として、①のような答え方をされても、答え方としてよいのだろうかと思います。こういう答え方から、「古事記はヤマト王権の国家支配とその正統性を示すために編まれたものではない」ということを読み取ればよいということでしょうか。しかし、古事記には、「高天原」の正統性を見せつけるさまざまな仕掛けに満ちあふれていて、この「高天原」は誰が読んでも、ほぼ「ヤマト政権の国家支配」のことと重なりますから、全体として古事記は、「ヤマト王権の国家支配とその正統性を示すために編まれたもの」ということになるのは、自然なように思われます。だから、古事記とは何かを問うのに、日本書紀との比較というような、大きな比較をして説明するだけではなく、もう少し古事記の仕組みそのものの理解から見えてくる説明が必要だと思われます。

②の答え方の「南方系（縄文人）の民俗や古い文化要素が濃厚に見られること」というのも、本当かどうか確認のしようがないものです。「縄文人」などという不確かな尺度をはずして、「南方系の民俗や古い文化要素が物語に取り込まれている」という指摘ならまだわかります。まだわかりますが、実際には中国や朝鮮半島の文化と圧倒的に関わりを持って古事記は作られているのですから、ここで「南方系の民俗や古い文化要素」だけを取り上げて強調しすぎることはフェアではないと思われます。そして見てきたように、「南方系の民俗や古い文化要素」が「いなばの兎」や「バナナタイプ」や「うみさちやまさち」のような「お話」だとしても、実際に古事記になっている話は、ものすごく複雑になっているわけですから、簡単に、「南方の文化要素が濃厚に見られる」というようなことには全然なっていないと私には思われます。

そして③の指摘になります。これは歴史的に考えるといろいろと考えることのできる、興味の尽きない分野です。ただ、こういう歴史的背景がわかっても、物語としての面白さの理解とはすぐには結びつかないところが困るところです。三浦さんも指摘されているように、聖徳太子の存在をどう考えるのかという古くからの疑問もありますが、狙いは「権力に敗れた者たちの無念を昇華させるための、なんらかの鎮魂の行為が必要だったためではないか」というところに置かれているので、そうなると古事記のどこが「鎮魂の行為」になっているのかを考えなくてならず、それが物語の中にあるのか、古事記という存在そのものが「鎮魂の行為」になっているのか、ということになり、そこに古事記の特徴があると言われても、理解しにくいところです。

私の古事記の見方――「高温の火」の発見

古事記の特徴を、古事記の「外」に求めるのではなく、古事記の内部に求める試みを私はしたいと思います。そうすると、どういうことが特徴として見えてくるかということです。

最初に古事記の「国作り」を調べたときに、それはいくら神話的に描かれていようが、「武器」を持って「国作り」をすることだ、というところを見てきました。そしてこのことは、古代から現代まで、少しも変わりません。この変わらないという点において、古事記の世界観と現代の世界観にはつながっているところがあることを、ここで強調しておきたいと思います。ところで、「国作り」が「武器」をもち、「武力」で敵対する勢力を支配下においてゆくといっても、ことは簡単ではありません。その武器や武力の根本には「鉄」の存在があったからです。そしてここでも簡単に「鉄」といってしまってはいけないことがありました。「鉄」を手に入れるには、海を越える交易の力がなくてはならず、「鉄」が、使える道具になるためには、海外の大きな知恵が必要だったからです。それは鍛冶の知恵でした。

この鍛冶の知恵というのを、一言で言うと、「高温の火を作る技術」ということになるでしょうか。この「高温の火」を手に入れる歴史が、じつは人間の文化の歴史でもあったのです。だから、もしも、歴史のどこかの時点で、ある支配者が、自分たちの国の歴史を書きとめようと思い立つなら、それは武力での国作りを描くと共に、その国作りを支えてきた「鉄作り」つまり「高温の火の技術」の歴史を書きとめるという作業をすることにならざるを得なかったはずなのです。

その理解を踏まえて、古事記を見ると、そこには「国作り」とともに「火の神＝カグツチ」の「誕生」が描かれていて、その「火の神＝カグツチ」は、ただのカマドの火というようなものではなく、まさに「高温の火の神」つまり「鍛冶の火」として描かれているのを見ることになりました。そして物語は、その「火の神」の誕生と引き替えに、その神を生んだ女神が病み神避るところを描きました。「高温の火」を得ることの代償が描かれていたのです。しかし、物語では、さらにその「高温の火」を切る「刀」が描かれ、「高温の火」と「刀＝武器」が、深く影響し合っていることが描かれました。そして、物語はこの「高温の火」を生んだ神を黄泉国に封印することになります。それは、「高温の火」を自由に作り出すことの禁止であり、そこでの勝手な武器の生産を封じるためでした。

こうして、「国作り」は「高温の火作り」となり、その「高温の火」のコントロールの技術の中で、素材にすぎない鉄材が、道具や武器に変化させられてゆきました。「国作り」に必要不可欠のこの過程を、古事記は「修理固成」という独特な用語で表現してきました。そのことはすでに何度も見てきたとおりです。

そうした理解を踏まえて、ここで古事記とは何かと聞かれたら、私はためらわずに、日本の「国作り」を「修理固成」という視点から始めてまとめる試みをした物語ですというふうに答えることになるのです。その「修理固成」を改めて言い直すと、「高温の火のコントロールの技術」ということになるかと思います。「高度な火の技術」つまり「技術としての火」の自覚の物語である、ということになります。そして時代は、この「高度な火」をさらに高度な「原子力の火」として手に入れ、その火を使った原子爆弾という武器を作り出すまでに至ってきたのです。そのことを振り返ると、この「原子力の火」の源が「火の神＝カグッチ」にあることが、きっとおわかりいただけることと思います。そしてさらに、古事記の物語は、その「カグッチの火」の危険性（古事記にとっての異端性）をよく察していて、この神を生んだイザナミを、世に出ないように封印する物語を作ったのです。

ここまで現代に通じるように書かれた神話は、ギリシア神話の中にもないわけで、それは古事記の持つ最も大きな特徴だと私は主張したいと思います。

「技術としての火」のゆくへ

古代のある時期から、政治と暮らしの両方に深く関わるものとして、さまざまな「鉄の加工品」を作ってきました。農具や大工道具は、人々の暮らしには欠かせないものでしたし、一方で武器や造船や装飾品、仏像や彫刻なども、支配階層にはなくてはならないものでした。そういう「鉄の加工品」の総体を何と呼べばよいのかよくわかりませんが、それを先ほど述べた「高温の火の技術」と呼ぶことができれば、政治と暮らしを繋ぐものに、そういう「技術」の取得はなくてはならないものになってきたのがわかります。しかし「技術」という言葉も、近代の匂いがしないではありません。そういう言葉を使って古事記の特徴をいうことはできません。

その言葉に対応するものとして、すでに私は「修理固成」という言葉に注目しておきました。この言葉は古事記の中でも最も重要な言葉として使われていたものでした。そして、この「修理固成」こそが、今日で言うところの「技術」なのだと私は思います。「技術」は、すでにあるものを、政治と暮らしのために貪欲に「修理」し自分たちに合うように「固め成す」という活動の総体をいいます。そして私はこの「修理固成」の中に「日本語の文字表記」の問題も入れるべきだと思ってきました。「中国語の漢字表記」は、日本書紀ではそのまま生かされて使われていますが、古事記では、その「中国語の漢字表記」をそのまま使うのではなく、まさに日本語としても読めるように「修理固成」しているのです。そしてさらに、国の制度も、中国の律令制度を参考にしつつそれを「修理固成」して、日本で使えるものにする時代がやってきました。まさに「技術」の自覚は、大変な広がりをもってきていたのです。

そのことを考えると、「技術」という概念は、一筋縄ではとらえられないものとしてあるのがわかります。「技術」は、そこに「物」として出来上がってしまえば（たとえばスプーンなど）、何でもないものにしか見えませんが、いざそれを作らなければならないことになると、それがたくさんの「技術」でもって作られていたことに思いを寄せなければならないことに気がつきます。どんなささいな「物」でも、それは実は「技術」でできており、その「技術」の継承がなければ、「物」ひとつを作り出すこともできないのです。

古事記はそういう意味において、「国作り」を「技術＝修理固成」として見ようとしているが、日本書紀は、「国」を出来あがった「物」として見ているというふうにいうことができるかもしれません。そのことは、スサノオやオオクニヌシやヤマトタケルの描かれかたの違いとして読みとることができるのではないでしょうか。

ハイデッガーの「技術」への問い

「技術」については、ハイデッガーが「技術への問い」（『技術への問い』関口浩訳　平凡社　二〇〇九に収録）という講演の中で、変わった見解を示しています。はじめのほうの哲学史にかかわる話はわかりにくいのですが、三分の一くらいのところから「ライン川」の話がはじまり一気に面白くなる講演です。私はこのライン川の話がよくわかると思いました。

ドイツを流れるライン川は、人によってはただの風景や物でしかないのですが、水車小屋を作る人たちにとっては、ただの景色ではなく、水車を回してくれる力を秘めたものとして受け止められています。その力は、歯車の回転を利用して、小麦粉をすりつぶしてくれたり、タービンを回して発電をしてくれたりと、別な働きにつながるものをもっています。ハイデッガーはそれを「用立て」と呼んでいます。水車小屋にとってはライン川は単なる風景や物ではなく、「用立てる」ものになっているというのです。ハイデッガーは「ライン川もなんらかの用立てられたものとして現出する」と語っていました。これはわかりやすい言い方です。そう見れば、川を行き来する舟も、「川の流れ」を「用立て」して物資を運んでいることがわかります（ヤマトタケルのところで、川を使った「水碓」があったことを思い出してください）。

そういうふうに見れば、ただの風景や物というようなものはなくて、どんな風景や物にも、「用立てるもの」を見出せれば、それは風景や物ではなくなるというわけです。もう少し言えば、あらゆる風景や物は、地球上に存在する以上は、なにがしかの「流れ」の中にあり、なにがしかの「エネルギー」（ハイデッガーはそれを「貯蔵」と呼んでいますが）を秘めており、その「貯蔵」されたものに「用立ての力」が認められれば、ただの物ではなくなるというわけです。ただの黒い石や黒い水にしかすぎないものが、燃える石（石炭）や燃える水（石油）として捉えられたら、それはただの石や黒い水ではなくなります。ウラン鉱石というような石も、近代まではただの石であったのに、それが「原子力」という「膨大な力」を秘めていることがわかると、すぐに残忍な戦争に「用立て」されてゆくことになりました。

この風景や物の中に「貯蔵」されたものを「用立て」するように仕向けられるところに「技術」の問題が出てくるとハイデッガーはいいます。「貯蔵」されたものとは、そこに「集められたもの」です。いかにも「一つの石」のように見えるものでも、「貯蔵」としてみれば「集められたもの」であって、その「集め」のなかに「用立て」が発見されるわけで、そこに「技術」の問題が出てくるというわけです。貯蔵—集め—用立て—技術、と続くハイデッガーの考察にこれ以上立ち入ることはしませんが、ここまででわかることは「技術」は常に「つながる技術」を生み出してゆくということです。「小さな技術」が「大きな技術」を生んでゆくということです。そして、こういうことが、古代の技術から現代の技術まで続く、技術一般の問題に通じるものがあるということなのです。

ただ一つハイデッガーの「技術論」に物足りなさがあるとしたら、その「技術」の根本に「火」があることをしっかりと指摘してくれていないところにあるように思います。すべての「技術」の根本に「火」があるという理解、結局この理解を欠いてしまうと、古代の技術がなぜ原子力の技術を生むようになっていったのか、うまくたどれなくなると私には思われるからです。

「技術」は「一つ」という単位では許れません。「技術」はつねに次の技術を生み、そしてたくさんの技術をよせ集めて、さらに複雑な技術を形成してゆきます。だから風景や物に貯蔵されたエネルギーを用立てるには、たくさんの技術が連動されなくてはなりません。水力のエネルギーが「歯車」と結びつけられると、さまざまな用途にエネルギーが転用されてゆくように、技術は技術を呼び、常に技術は連動する技術として発展してゆきます。

古代の日本も、中国や朝鮮半島から、さまざまな技術を導入しながら国家作りを進めていったわけですが、そこには技術の連動・連携というものがなければなりませんでした。事実、技術を使ってしか、都の柱一本すらも立てられなかったのですから。

「律令の神々」の現われ——「神」は「技術」の別名になった

こうした「技術の力」に頼らない限り、「国作り」があり得ないことを「物語」にしようとすると、この「技術の秘められた力」を何に例えるべきか、古代の人々はきっと考えたと思います。そして、この「技術の力」を秘めたものを、あるときから新しい「神」の名前で呼ぶことにしてきたのではないかと私は思います。それが律令時代に生まれた神々だと思います。その「律令時代の神々」は、それまでの「自然神」とは違います。山や川や海や太陽などの「自然神」ではなく、まさに「律令国家」を実現するために活躍する「技術神」としての神々です。そういう神々が、「ムスヒの神」として古事記に描かれてきたのではないか。そういう意味で、「神」とは「技術」の別名として意識されていたのではないかと私は考えます。

もちろん、その場合の「技術」の中身の理解はとても大事です。「貯蔵」されているものを「用立てる」、つまり、有益なものとして「出産」させること、その「産婆術」を「技術」と呼ぶとするなら、古事記の多くの神々は、そういう「産む神」としての「むすひ」のような性質を持っていて、それはまた「技術」でもあることが見えてくるように思われるからです。そういうふうに、神々の本質が「技術」にあるのだとすると、神話と呼ばれてきた物語のさまざまな場面が理解しやすくなります。

たとえば最初に出てくる「うひぢに／宇比地邇」の神の「うひぢ／宇比地」は「うひひぢ／初泥」の略とされ（新潮社版『古事記』の付録・神名の釈義）、「泥の神」のことでした。しかし国文学的には「泥の神」で終わっても、それがどういうことなのか、それだけではわかりません。しかしもし「泥」が、単なる風景や物としての「泥」ではなく、「用立て」を求めるものとして見られるなら、その「泥」は深い「貯蔵」を秘めた「集まり」と考えなくてはなりません。そういう「泥」は、一つには鍛冶場の「炉」を作り出す大事な泥であり、二つには都を守る土壁を作り出す泥であり、三つには陶器を作り出す泥であり、四つには瓦を作りだす泥であり……ということになり、それはどこにでもある「土」ではなく、独特の「技術」を「用立てる」土を「泥」と呼んでいることがわかり、その複雑な性質を持った「技術として存在する泥」をなんと呼べばよいのかわからないので、それを「神の名前」で「うひぢに／宇比地邇」の神と呼ぶしかなかった……。現代風に言えば「泥の神」ですが、そういうふうに言ってしまうと、でも、この「神名」に込められた「技術の集積」が見えなくなってしまうのです。そういうふうに考えると、「神名」というものがいかに「技術」を秘めているか、その理解がとても大事になることがわかってくると思います。

さらに、たとえば、古事記の「天の岩屋」の場面は、本当に面白くて、国文学の枠を越えた考察がもっと豊かになされたらいいのにと思われる場面ですが、この場面を今の考察に照らしてみると、さらに興味深く見えてきます。つまり、この場面には、意図的にたくさんの神々が集められるのですが、その多くは「鍛冶の神」でした。その「鍛冶」に関わる名を持つ神々が「集められる」というところが、ハイデッガーがいうような「技術の集積」に見えて、とても興味深くなります。

もし神々が集まって相談するこの「天の河」を、ハイデッガーのいうような「ライン川」として考えてみると、ここで「鍛冶」を「用立て」する神々が集まっているということも不思議ではなくなります。再び、水碓の絵を思い出してもらってもいいと思います。そうすると、この「天の河」を塞き止める神が居るという設定も気にならざるを得なくなります。なぜそんな河をせき止める神がいるのか注目されたことはなかったからです。そういうことをする以上は何か理由があってのことなのでしょうが、そんな「理由」をたずねてみることすら今までの古事記学ではされてこなかったのですから。

付記　優れた「一本の釘」を作る技術——西岡常一『木に学べ』から

すでに「技術としての火」「鍛冶の技術」のことには、繰り返し触れてきました。この「技術」によってできた「物」は、たとえ小さな「釘一本」でも、それが本当に使い物になる「釘一本」になるためには、大変高度な技術が集められる必要がありました。そのことの証拠を、西岡常一さんの『木に学べ』から次に示しておきたいと思います。少し長い引用になりますが、古代の「釘一本」を「技術」の視点から見ればどうなるのか、きっと興味深く読んでいただけるのではないかと私は思っています。

これが法隆寺の古釘で作ったヤリガンナです。／ヤリガンナは室町（時代）ごろから忘れられておった。だが、昔の人の削った柱を見て、触ってみると、台ガンナや手斧じゃできん肌ざわりと実にいい曲線が出てる。何で削ったんやろと思うて調べて、正倉院にあった小さなヤリガンナを元に再現したんやが、鉄が悪くて切れんのですわ。それで堺の刀鍛冶に頼んで法隆寺の古釘を使ってヤリガンナを仕上げてもらった。これが切れるんですな。／鉄がそれぐらい違うんや。

（略）

電気ガンナで削ったものとヤリガンナで削ったものを、雨の中さらしておいたらすぐわかるわ。電気ガンナで削ったものやったら一週間でカビが生えてくるわ。そやけど、ヤリガンナやったらそんなことありませんわ。水がスカッと切れて、はじいてしまいます。

（略）

これ見てみなさい。／こっちが昔の斧や。それでこいつが今のやつや。／形はよう似てまっせ、昔からの道具に。しかし、形作れても心がわからんのや、今の人は。／この斧は見た目はいいけど、薄すぎて木に打ち込むと抜けんのや。ほやけど、こっちやったらパンと割れますのや。／形がちゃんと体験で、一番いいように作られておったんや。くさびの形しておるやろ。／見てるだけじゃわかりませんわな。／使ってみて、研いで初めてわかるんですな。／時代が進歩したいいますけどな、道具はようなってませんで。／今のは鉄の質が悪い。明治になって熔鉱炉使うようになってから悪くなった。鉄鉱石をコークスで熔かして作りますやろ。／高温短時間でやってしまう。このほうが利潤は多いやろけど、鉄はけっしてええことないのや。鉄はじっくりと温度あげていかないけません。

（略）

今の鉄ではいい道具は作れませんな／鉄が悪いちゅうことは大工のつかう道具が悪うなったいうことですな。こまったもんや。科学が発達したゆうけど、わしらの道具は逆に悪うなってるんでっせ。／こう考えますと、飛鳥の時代から一向に世の中進歩してませんな。／今、わたしら堂や塔を建てる大工が一そろいの道具をそろえますと、２７０種類ぐらいになりますやろな。ふつうの大工さんで70種類ほどでっしゃろ。／このほとんどが鉄使った道具なんですから、いやになりますわ。／これが昔の鉄で作ったノコギリです。そこで、こっちが今のノコギリ。見ただけで、今のはチャラチャラしてまんな。昔のはこんなにチャラチャラしとらへん。まず、鉄の色が違います。／しっとりして重さが感じられますでしょ。それとサビ。今の物は、こういうふうにサビ始めたら、もうあかんのや。すぐに裏側までサビが抜けてしまう。／鍛えてないからな。板金に目ヤス入れただけでっしゃろ、このノコギリは。／古いやつは、これなん本当に鍛えてあるんでっせ。刀を作るみたいに。これなかやったら、少しサビが浮いても、裏まで通るということはないんや。

（西岡常一『木に学べ』小学館　一九九一）

ここに古代技術の粋と高さが語られているのですが、この技術が元で、巨大建築物や船や都そのものが造営され、国を統一するための武器が量産されてゆきました。農具—大工道具—武器はすべて「技術」でつながっており、その「技術」はまさに「鉄を作る技術」「国を作る技術」であったことがおわかりいただけるかと思います。その「鉄を作る技術」「国を作る技術」とは「高温の火をコントロールする技術」のことでした。そしてその技術が、西洋の科学技術をへて、原子力を生む技術に発展させられていったのです。

あとがき

私の『徹底検証　古事記』（言視舎）の出版される一カ月前に三浦佑之さんの『ＮＨＫ　１００分de名著　古事記』（ＮＨＫテレビテキスト）が出ました。テレビでもこの番組は見ていました。ある意味では、従来の古事記の見解とそんなに違わない見解を紹介されるこの番組を見ながら、でももう二〇一〇年代に入っているのだから、もっと別な古事記の見方を紹介されていいのではないかとその時も強く思いました。『徹底検証　古事記』が出版された後、改めてこの『ＮＨＫ　１００分de名著　古事記』を問題にしようとすぐに思いました。そしてただちにその作業に取りかかりましたが、途中で季刊誌『飢餓陣営』の主幹・佐藤幹夫氏から本のインタビューを受けることになり、それが「ロングインタビュー特定秘密法案と『風立ちぬ』の時代　なぜいま『古事記』＝「鉄と火の物語」なのか」（『飢餓陣営40号』二〇一四年三月二十日発行）、として刊行されたので、そこで話をしたことと被らないようにしようとしたために、時間がかかってしまいました。しかしそのために、また違った角度から古事記を論じることができて、自分にとっては有意義な考察をすることができました。

三浦佑之さんと私は、面識がありません。そもそも私には国文学との接点がないのですから当然なのですが、そのために学会や業界のしがらみから自由なところで、三浦佑之さんの見解にご意見を申すことができていると私は思っています。学会や業界の中では、しばしば学説争いに興じたり、揚げ足取りや、仲間ホメや遠慮に終始したりするのが見られますが、私は、学問的には十分に自由なところから、真摯にご意見を申し上げることができたと思っています。それにしても、異分野の私が、なぜこうした「意見」をいうことになってきたのかは、『徹底検証　古事記』でもくり返し言っているのですが、単なる古事記の研究発表をせんがためにではありません。どうしてもこの「意見」を言わせていただきたいという切実な動機があってしていたのです。古事記の専門家から見れば原文の読みなどで、素人のくせに何を言っているんだということもあるのでしょうが、批判は承知の上で書かせてもらっています。その「切実な動機」とは、古事記の解釈のための解釈ではなく、古事記と現代を繋ぐ赤い糸を見つける作業をするためという動機です。そしてその現代というのは漠然とした現代一般のことではなく、二〇一一年三月十一日に起こった福島原発事故を抱え込んでしまった現代という意味です。その特異な現代に焦点を合わして、そこにつながる赤い糸を古事記に見つける作業が私の課題としてあったのです。

ですから、私の古事記の解釈の素人臭さが批判されるのは十分に覚悟はしていますが、この本の狙いとしてある、古事記を現代（原子力時代）に繋ぐという主題は、ぜひ批判者にも視野に入れていただき、その糸を共に探るという方向性を出していただけるのならありがたいと私は思っています。

この本には「古事記の根源へ」という題をつけているのですが、「根源」とは奇をてらう場所のことではありません。そこが、現代につながる赤い糸の見える場所として考えられているのです。そしてそこがこの本では、「鉄」を生む「高温の火を作る技術」として考察されているのです。古事記を「技術」という視点から読み直す本など見たこともないのですが、その考察を深めない限り、古事記はいつまでも学会や業界の、解釈学の対象にされたまま、現代につながるものを見出すことができないままでいくのではないかと懸念されました。

この古代から現代につながる「技術」のイメージのその最初のイメージ、つまり古事記の編者たちも直面していたであろう最初の「技術」のイメージを、どのように読者に伝えたらよいのかわからないのですが、古事記が出来る百年ほど前に建てられたとされる法隆寺（推古十五年〔六〇七年〕）の再建に係わった西岡常一さんの言葉を最後に紹介しておきました。それが具体的で一番わかりやすいかなと思われたからです。

私は今回、原子力技術の起源や根本を知りたいと思う中で、多くの科学者が「プロメテウスの火」を上げていることから学びながら（日本の原子力政策の不備を一貫して批判し続けてこられた高木仁三郎氏も『高木仁三郎著作集8巻』で「プロメテウスの火」と「原子力」を結びつけて論じておられます）、でも「火」を問題にするのなら、日本の神話にも「火」

をテーマにしているものもあったはずなのに、どうして科学者はギリシア神話だけを現代につながるものとして取り上げるのだろうと思ってきました。その疑問は、この本の最初に取り上げたとおりです。日本にも古事記があったからです。しかし論じてきたように、科学者たちには古事記を取り上げたくない理由がありました。それは私にもわかりました。しかしそこで何よりも疑問に思ったのは、科学者の古事記回避のことではなく、日本の古事記の専門研究者の間に、古事記に「プロメテウスの火」のようなものがあることを少しも教えてくれていないことへの疑問でした。そして今日の最も有名な古事記研究者である三浦佑之さんの、大衆向けに語られた『NHK 100分de名著　古事記』においても、そういうことがなされていないのなら、たとえ国文学の出自でない私でも、ここではっきりと国文学研究の不備についてご意見を申し上げる必要があるのではないかと思ったのです。

なおこの本では、古事記の原文（といっても訓読文のほうですが）の味わいは避けてきました。三浦さんの『NHK 100分de名著　古事記』が一般の読者向けの本ですので、必要以上に難しく感じられる書き方は避けるべきだと思われたからです。しかし、古事記は、少なくともカタカナ表記ではなく、漢字で書かれた神々は漢字表記で味わうところにおもしろさがあるわけで、今回のこの本を読まれて、古事記はひょっとしたら実におもしろい物語かもしれないぞと思われた方は、ぜひ『徹底検証　古事記』をお読みいただければ幸いです。きっと古事記ってこんな物語だったのかとびっくりされることと思います。でも今回のこの本は、決して『徹底検証　古事記』を要約したものではありません。この本にはこの本独自の「読み」が示されていて、『徹底検証　古事記』とコラボするようになっています。特に「カグツチ」の物語を図（p31）にできたのは、今回の本の大きな成果だったと思っています。この図で、「カグツチ」の物語の大事な所がイメージしやすくなっているからです。「ヤマトタケル」も今回初めて取り上げています。そういう意味では、この本には、この本独自の成果があったというか、素人にしては十分すぎるほどあったと私は思っていますが、後は読者の批判にゆだねたいと思います。

最後になりましたが、今回も小川哲生氏と言視舎の杉山尚次氏が、共同してこの原稿を本にしてくださることになりました。冬の時代の出版事情を踏まえてのことですから、感謝という言葉では言い表せないものを感じています。お礼は、古事記の見方の大きな転換につながることへの確信でもってかえさせていただくしかありません。本当にありがとうございました。

村瀬学（むらせ・まなぶ）
1949年京都生まれ。同志社大学文学部卒業。現在、同志社女子大学生活科学部教授。主な著書に『初期心的現象の世界』『理解のおくれの本質』『子ども体験』（以上、大和書房）、『「いのち」論のはじまり』『「いのち」論のひろげ』（以上、洋泉社）、『なぜ大人になれないのか』（洋泉社・新書y）、『哲学の木』（平凡社）、『なぜ丘をうたう歌謡曲がたくさんつくられてきたのか』（春秋社）、『「あなた」の哲学』（講談社新書）、『自閉症』（ちくま新書）、『「食べる」思想』（洋泉社）、『次の時代のための吉本隆明の読み方』『徹底検証 古事記』（言視舎）などがある。

編集協力………小川哲生、田中はるか
DTP制作………勝澤節子

言視BOOKS
古事記の根源へ
『NHK100分de名著 古事記』は
なぜ「火の神話」を伝えないのか

発行日❖2014年9月30日　初版第1刷

著者
村瀬学

発行者
杉山尚次

発行所
株式会社言視舎
東京都千代田区富士見2-2-2　〒102-0071
電話03-3234-5997　FAX 03-3234-5957
http://www.s-pn.jp/

装丁
山田英春

印刷・製本
モリモト印刷㈱

ISBN978-4-905369-97-4 C0395

飢餓陣営叢書5

徹底検証　古事記　すり替えの物語を読み解く

村瀬　学著

978-4-905369-70-7
定価 2200円+税 四六判上製

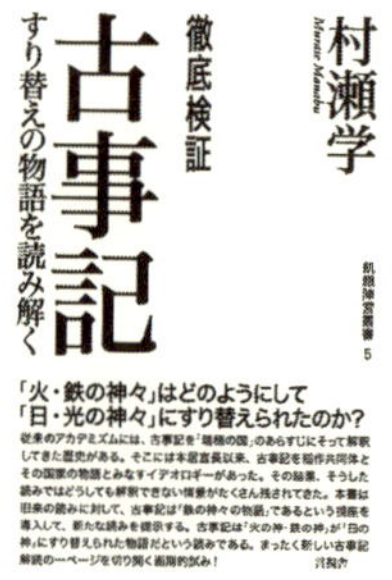

「火・鉄の神々」はどのようにして「日・光の神々」にすり替えられたのか?　従来のアカデミズムには、古事記を「瑞穂の国」のあらすじにそって解釈してきた歴史がある。そこには本居宣長以来、古事記を稲作共同体とその国家の物語とみなすイデオロギーがあった。その結果、そうした読みではどうしても解釈できない情景がたくさん残されてきた。本書は旧来の読みに対して、古事記は「鉄の神々の物語」であるという視座を導入して、新たな読みを提示する。

◆目次